坂道を転がりながら見えた景色

~自閉症とダウン症の子育て絵日記から~

雪見うどん

文芸社

もくじ

1. はじめに

20代のころ、家計簿の下のメモ欄に、その日の出来事を簡単な絵にして、家計簿をつけ始めたのがきっかけで、かれこれ20年以上、絵日記のようなものを書いています。本にしようと思ったくらいだから絵に自信があるの？　というと全然そんなことはなく、ただ漫然と長く続けているだけの素人のヘタクソな絵日記です。


この本に書いた人生について、プレゼンをしろと詰められたら、こう言います。

「娘2人に障害がある！しかも自閉症とダウン症！知的障害と難病と医療的ケアが付いて多様性の豪華詰め合わせセット！経験しようと思ってもなかなかできない人生ですよ。さぁ、いかがですか！」

「いかがですか！」なんて言われても、絶対、引き受けたくない人生ですよね。でも、先に申し上げておくと、大きな成果もないけれど、そう悪くもない人生かなと思っています。

何もないと思って育てていて障害を疑ったとき、生まれてすぐ障害が分かったとき。「障害の受容について」をテーマに熱く語ることができる経験を、まさに2回もしたのですが、たとえるなら、神様に無理やりローラースケートを履かされて、坂道でトンっと背中を押されて、転がっていって、壁に激突して、瓦礫の中からウォーッ！と出てきた——そんな強者ではありません。かなりダメージを受けて、周りに助けられて、ヨロヨロと立ち上がった傷だらけのヘタレ。それが私です。

当然、なんで私にこんな理不尽なことを？　と、神様を恨んだこともありましたが、娘たちに障害があったからこそ経験し、得たものもたくさんありました。

では、書きためた絵日記を元に、坂道を転がりながら見えた景色をお楽しみくださったらうれしいです。

2．絵日記を書くようになるまで

魔の2歳児の正体

「障害のあるお子さんがいらっしゃるの？　大変ですねぇ」「じ、実は、もう1人います」カミングアウトしたときの相手の反応はさまざまで、眉間にしわを寄せて、「まぁ…大変ですね」と消え入りそうな声で労ってもらったり、「神様がそういう人を選ぶって言いますよね」と言われたりするのはまだ許容範囲（でも本当は他人から言われたくない）。露骨に「かわいそう」「私には無理」と言われたこともあります。

ま、いいです。私も娘たちの障害が分かるまではそう思ってましたから。

自閉症とダウン症を大雑把に説明すれば、自閉症は赤ちゃんと目が合わない、1歳になってもしゃべらないとか、1歳半検診で見つかることの多い障害で、周りに関心がなかったり、独特な自分の世界で生きていたりします。一方、ダウン症は生まれつき染色体異常のある病気で、顔の特徴や合併症も多いことから、生まれてすぐ判明することが多い障害です。どちらの障害も特徴があり（人それぞれという前提ではありますが）、自閉症の長女は癇癪《かんしゃく》もちで怒りんぼう、ダウン症の次女はいつもニコニコ愛想がよく、明るい性格です。

さて、独身時代にほそぼそとつけていた家計簿兼絵日記も、夫と結婚し、幸せにかまけてすっかり忘れていたのですが、２００７年に長女が生まれ、初めての子どもに浮足立ち、読み聞かせやお勉強的なことを頑張りました。

1歳のころ、長女は類まれな能力を発揮します。絵本、とりわけ文字への興味が大きく、1歳半検診のときにはひらがなを全て分かっていて、読む絵本を次々と暗記していました。一般的には文字への興味は3歳くらいからです。絵本の中のフレーズを次から次にしゃべるので、よくしゃべれる1歳児として、1歳半検診をパスしてしまいました。

このころ、育児への不安はあったのかなかったのか、思い出せないような平和な赤ちゃん時代を過ごしました。そして、長女が2歳になったころから「癇癪もちの腫れ物幼児」を相手に七転八倒するようになります。

何がそんなに気に入らないのか、何時間も泣き続ける長女と2人きりの家は地獄でした。その原因をあとで考えると、コップの絵柄が正面を向いていなかった、いつもと違う道で帰った、本を並べる順番が違っていたなど、とても些細なことです。そんなことで何時間も泣くの？　と思われるかもしれませんが、普段と同じことや、過去のあのときと同じことを求めるこだわりが異常に強く、それを言葉で伝えられないもどかしさは、癇癪となって牙をむき始めました。

とはいえ初めての子ども。近所の人に相談しても、「うちの子だって大変よ、こんなことしてあんなことして」と、私の相談事はあっけなく違う話題にすり替えられ、とりわけ「魔の2歳児」と呼ばれるお年頃の子ども、「すべては自我の目覚め」、このパワーワードを前に、初心者マークをおでこに貼って、八の字の困った眉毛でおどおどした私は、空気を乱さないように、笑うしかありませんでした。

今日を耐えれば、明日を耐えれば、そのうちきっと……。魔の2歳児を育てているお母さんたちみんな同じなんだと、八の字の困った眉毛がくっついて「入」になるほどに、感情を押し殺していました。「愛憎入り混じった」という言葉を物差しにするなら、このときはかろうじて愛情が勝っていました。

しかし、狂ったように泣き叫ぶ長女を相手に、愛情より憎しみがふくらみ、ついに破裂しました。当時は社宅に住んでいて、夫の会社の人たちに囲まれて暮らしていた環境です。いつも笑顔でそつなく挨拶を交わさなければならない身であったにも関わらず、隣近所のことを気にかける余裕もなく、私は声を荒げて怒り、泣き、長女に手をあげることもありました。

そして、ついに泣きじゃくりながら自治体の子育て支援の相談窓口に電話をかけました。泣き叫ぶ長女の声をＢＧＭにして「助けてほしい」と。自分の人生の忘れられない日に付箋をつけるとしたなら、まさにこの日のこの電話でした。

「ちょっとこれ手伝ってよ、助けてくれない？」としか使い道を知らなかった「助けて」は、もしかしたら、小さな長女を殺めてしまうかもしれないほどに追い詰められた、限界ギリギリの「助けて」という悲鳴でした。

電話応対した臨床心理士がすぐ面談を行い、このまま自宅で2人きりは危険だと、検診等で要観察になった子どもの集まる、療育[1]の満員の親子クラスにねじ込んでくれました。そして発達の遅れをやわらかく指摘されました。

ところが、なぜかこういうときだけポジティブシンキングが軽快に作動するもので、それでもただ遅れているだけと気楽に考えていました。しかし、10名ほどの療育のクラスで一番幼く見えた長女。ふいに心配になり、ネットで「発達の遅れ」と検索すると、「発達障害」「自閉症」という胸を締め付けられるような単語ばかりがヒットしました。1歳半検診をパスしていただけに、まさかこの子が。

しかし、障害というフィルターで通すと、今までの奇行やこだわりや泣き叫び続けていた理由の答えがそこにありました。腑に落ちる、その一方で、発達の遅れは「個性」とか「大器晩成型」なのではないか、という希望も捨てられませんでした。長女を見守る目は振り子のように揺れていました。

1　障害のある子どもが社会的に自立できるように、専門的な訓練を受けることができる場。

手垢のついたノート

さて、若いころから、なんの役にも立たないことを記録するのが趣味で、独身時代の家計簿はまさにそればかり。でも長女が生まれてからは、離乳食の内容や食べ具合を毎日、ノートに記録していました。

そのノートに、次第にイライラや爆発する気持ちを書き綴るようになりました。読み返すと私、頑張りすぎて病んでたなあと、あのときの自分の肩をポンポンと叩き、労いの言葉をかけたくなります。

しかし、終わりの見えない毎日にもふと訪れる、喜びや笑いの一瞬があります。

「今日の長女は昼寝3時間！」

「癇癪《かんしゃく》すごかった、よく耐えたぜベイベー！」

「オウム返しじゃない返事が返ってきた！」

両手をあげて万歳したいような出来事があり、そういうときは、かつて家計簿のメモ欄に書いたように、ノートに絵を書き添えました。

さて、「発達障害」[2]とはなんぞや。未知の世界に足を踏み入れるため、おそるおそる手に取った発達障害の本には、視覚支援の大切さが書いてありました。これまで読んできた子育て本や、人気あるママさんのブログとはひと味もふた味も違う世界観でした。たとえば、ほめるとか子どもの心に寄り添う大切さが一般的な子育て本であれば、発達障害の本は、子どもを理解するために特性を知り、子どもの心に寄り添うためのツール（視覚支援）を活用していく方法、などが書いてありました。目から鱗が落ち、その目から涙をこぼさないために、とにかく必死に、発達障害について勉強しました。

今の長女に足りないものは視覚支援だと、本を頼りに、絵カードをたくさん手作りしました。今日の予定を絵カードで示すと、じっとカードを見つめる長女の姿がありました。今まで意思の疎通がとれず、一方通行だったのが、一筋の道が開けたような感覚がありました。絵カードや写真で長女に見通しを持たせることは、私たちの暮らしになくてはならないものになりました。漫画家にはなれませんでしたが、長女の絵カード職人として、かわい

2「自閉症、アスペルガー症候群その他の広汎性発達障害、学習障害、注意欠陥・多動性障害その他これに類する脳機能の障害であってその症状が通常低年齢において発現するもの」発達障害者支援法（２００４年）

いイラストで絵カードを作ることは楽しい時間でした。
また、年少のときに単独通園の療育園に入園し、そこでの構造化された視覚支援は長女にガッチリはまり、無支援だったころの、しっちゃかめっちゃかの腫れ物幼児は、先を見通すことで待てたり、自分の意思を伝えられたりするような、実年齢よりも幼い、けれども良く言えば個性的な3歳児になりました。

ただ、視覚支援はひとつのツールであり、毎日はトライアンドエラー。おそるおそるトライしたら弾かれ、転び、怪我も癒えぬまま張り倒され、起き上がって、再びトライ（そしてエラー）の連続でした。
「だって涙が出ちゃう、女の子だもん」と、涙と汗と、そう若くもないファイトで、乗り越えられたはずもなく、療育園の先生に泣きつき、助けられながら、一番癇の強い時期を、どうにかこうにかやり過ごしました。

その後、大学病院で「自閉症」と診断が出ました。「助けて」とSOSの電話を出した日から1年以上経っていました。「ですよねえ」と、主治医と次の予約の話などをしながら、こういうとき涙が出ないんだ、と動き回る長女の手をつかみながら大学病院を後にしました。

たとえば血液検査で白黒はっきり判明するダウン症のような障害であれば、告知、どん底、という急転直下のような展開でしょうが、自閉症はたくさんの問診、経過観察などを経て診断がつく障害です。白黒の判別のつかない、いわゆるグレーゾーンの時期があります。気持ちが落ち込んだり浮上したりするのを繰り返し、心の準備ができていくのかもしれません。

そのどちらも、すり減らした心の量は同じでした。

診断が出たあとも私たちの暮らしは変わらず、障害とどう向き合っていけばいいのか。その答えを探しながら、今日が昨日、明日が今日になるだけで、時々、遠い未来のことを想像しては絶望しました。

もちろん、障害は個性であるという考え方もあります。間違ってはいないし、きれいごとであれ、そう考えていないと眠れない夜もありました。しかし、個性全開の長女を、横並びを好む社会が受け入れてくれるとは思えませんでした。

悩んでいたとき、療育園の園長先生の話が、すとんと心に落ち着きました。

「目が悪ければ眼鏡をかければいい。足が悪ければ杖をついたり車いすに乗ればいい、しゃべれなければ絵カードや写真を活用すればいい。なんでもいい、欠けているものは何かで補えばいい。あらゆるものを使って目的地にたどりつくことができれば、自立です」

長女はどうして泣いているのだろう。どうして落ち着いて過ごせないんだろう。長女には何が欠けているのだろう。その何かを見つけることが長女が落ち着いて過ごせるためのヒントを見つけること、すなわち、自立へつながる希望の欠片であり、私自身が長女の障害と向き合うことでもありました。

たとえば、障害とは思いもしなかったころ、公園やスーパーで同じ年齢くらいの子どもたちを観察すると、大人の言葉を理解しうなずいたり、困ったときにお母さんに助けを求める子どもの姿がありました。傍らにいる長女は、「何がほしいの?」と聞けば「なにがほしいの?」と返ってくる会話にならないオウム返しの連続で、気に入らないことがあると、寝そべって空を見上げ泣き叫びました。抱きしめれば嫌がり、手を振りほどいて逃げ出し、見失い、探し回りました。

ここで「何がほしいの？」という質問は、長女には空をつかむような問いかけで、りんごとみかんを提示し、「どっちがほしいの？」と質問をする工夫が必要でした。自閉症には「何」という曖昧な言葉は、たくさんある食品がぐるぐる頭の中をめぐり、混乱を招くだけでした。

また、自閉症は身体を触られることを嫌うことが多く、抱きしめるという行為に強く反発し、その結果飛び出したのです。落ち着いていないときは抱きしめるのではなく、安全なところで落ち着くまでそっとしておくことが必要な手だてでした。

しかし、あらゆることはそれなりに勉強し、受け入れたつもりでしたが、もっとも受け入れがたかったのは、長女にとって母親である私は、困ったときに助けを求める人として認識されていない事実でした。長女のこうしたいという言葉にできない叫びは、隣にいる母親である私ではなく、空に向かっていたのです。

私が母親と認識されたのは一体いつのころだろうと、懐かしい思いで手垢のついたノートをめくりました。たとえば、赤ちゃんが、泣けば助けてくれる、すぐそばにいつもいる大人を徐々に母親と認識します。

当然ヒトの成長ですので、この日を境に長女は変わった、という明確な日はありません。ヘレン・ケラーとサリバン先生のように「ウォーター！！！」のようなときめきメモリアルもありません。

3歳をとうに過ぎている長女は、いつもすぐ近くにいる便利屋さんっぽい人が、こうしたい、困ってる、このあとの予定を知りたい、などの自分のもやもやした願望を、あの手この手でかなえてくれるようだ、と遅ればせながらも受け入れてくれたのかもしません。

そして、障害に大きく絶望をしながらも、絵日記をつけたり絵カードを作る作業を続けることは、私自身が落ち着いて過ごせるツールであったように思います。そして、長女の困りごとと向き合い、ときには投げ出し、でもこうすればいいのかと悩みながら、取扱説明書のページが1枚1枚、増えていきました。

いつしか、長女の叫びは空に向かうこともなくなり、私に感情をぶつけるようになり、大きな叫びは小さな叫びとなり、文字になり、長女自身が自分の特性と向き合い、イライラや不満を自分で解消していく道筋となったように思います。

次女の誕生～ダウン症と難病～

さて、長女（当時5歳）との慌ただしい生活が続く中、2012年に次女が誕生しました。

長女が生まれて5年、まさかの自閉症の急展開、気持ちの乱高下を繰り返す中、不妊治療をして授かった大切な命でした。

「上のお子さんに診断が出ていたのになぜ不妊治療をしてまで？」

と、直球ドストライクの質問をされたこともあります。

長女のことを託せる子がほしいという思いも正直ありましたが、一般的に、子どもより親が先に亡くなる、そのときに悲しみを分かち合えるきょうだいがいてほしい、という思いが強くありました。

さて、待望の次女が生まれました。対面の喜びもつかの間、すぐに赤ちゃんは大きな病院に救急搬送されました。搬送先の病院に駆けつけたところ、ただの出産後の一人のお母さんなのに、これまで経験したことのないような待遇を受けました。

受付で「お母さん、お待ちしてました！お身体は大丈夫ですか？」と言われ、さらに新生児科にたどり着くと、すれ違う医師や看護師に「なんてかわいい赤ちゃんだ！」「天使がやってきた！」「ＮＩＣＵ（新生児集中治療管理室）のアイドル！」などとヨイショされ、違和感たっぷりの中、夫と別室に呼ばれました。

新生児科の部長先生と主治医、看護師長、さらに何とかコーディネーターなる方まで同席して、これはただ事ではない空気を察しました。

部長先生が、次女には心臓と大腸に大きな病気があるということを丁寧に説明してくれました。そして一呼吸おいて、ダウン症の疑いがあると言われた、その日の夜の長かったことや夜の冷たさを、今でも忘れることができません。

まさか２人目にも障害が。その衝撃を受け止めきれないまま、次女は点滴やチューブにつながれ、ＮＩＣＵへの入院が続きます。

母乳を搾乳し毎日病院へ届け、顔を見に行くというのが産後の仕事になりました。帰宅すれば気性の荒い長女が待っています。この家に病気や障害のあるダウン症の赤ちゃんを連れて帰ってこれるんだろうか。不安ばかりの毎日が続く中、次女の手術の日程が決まり、大きな手術を2回受けることになりました。心臓と大腸、とりわけ大腸は5万人に1人という、難病指定されるほどの大きな病気でした。大腸を全摘出する根治手術を受け、身体障害者手帳交付の対象となり、特殊な「医療的ケア」が必要になりました。

「医療的ケア児」という言葉を聞いたことはあるでしょうか。正直言えば、長女に障害があり、いろいろな障害のある子どもたちと接してきたにも関わらず、全く知らない世界でした。

知識ゼロのまま、退院するために必要な医療的ケアの手技を主治医から学び、長い入院生活を終えて、自宅に連れて帰ることになりました。

とある施設の方から「次女さんはイケアジなの？」と聞かれて、某家具店が頭の中をぐるぐる回ったことがあります。医療的ケア児は通称「医ケア児」と呼ばれることが多いのです。このとき、まさか次女が「イケアジ」に当たるとは思いもせず、病院で学んだ医療的ケアをぎこちなく行い、乱暴な長女から守ることしか考えていませんでした。

退院後、病弱な赤ちゃんとの生活は、どこまでが様子を見ていていいラインなのか分かりません。ある日、下痢をしていたので病院に連れて行ったら「お母さん、死にかけてますよ！」と言われ、そのまま問答無用で入院したこともあります。

これ、夫の転勤で、大阪から愛知県に引っ越す当日早朝の出来事でした。慌てて夫に電話し、「お願い、私のパンツとブラを病院に届けて！」と懇願しました。産後の腹に合うデカパンと授乳用ブラは、コンビニに売ってませんから。

引っ越し荷物の中から私の秘蔵品は奇跡的に発掘され、引っ越し作業を1人でこなした夫は、手のかかる長女を連れて病院にパンツとブラを笑顔で届けてくれました。このときの夫は、まぶしく輝いていました。

私と次女を大阪に残して、2人は先に愛知県に引っ越してしまいました。

その後、無事退院し、家族4人の暮らしが再び始まりました。

長女が保育園に行くようになり、いろいろ菌をもらってくるのですが、下の子の洗礼である、「また風邪引いちゃった、テヘッ」も、病弱な次女には辛い洗礼で、下痢で入院、風邪で入院、中耳炎で入院、ついでに体重が増えなくて入院。

当時、大きなプラケースに詰めた入院グッズが自宅の部屋の隅に置いてありました。ほこりをかぶるほどの滞留時間もなく、毎月稼働していました。

こうした入院中の空いた時間に、手帳にミルクの量や排尿、排便の回数を記録するのと共に、私は再び絵を書き始めるようになりました。24時間の付き添いで疲弊し、やっと退院して帰宅すると、一息つく暇もなく、長女にしっちゃかめっちゃかにされました。1日の終わりのわずかな自分時間に絵日記を書けた日はまだ余力があった日です。空白のページは忙しくて心をなくしていた日でした。

次女が生後8カ月くらいのころ、主治医から「ダウン症のお母さんたち、かわいがって溺愛してる人多いですよ」とボソッと言われたことがあります。

正直言えば、ふにゃふにゃの赤ちゃんの次女は、母乳やミルクを与え、体調を管理しながら生かすことに精いっぱいでした。どちらかと言えば、頭の中の8割は長女のこと、残りの2割で今夜の夕ご飯のメニューと、明日の朝のパンはあるのかないのか、その隙間に、そばにいる次女の体調の心配がちょこんと置かれていました。かわいいとか溺愛とか、考える余裕は全くありませんでした。主治医は私の心を見透かしているようでした。

ふと、そんな次女を観察すると、空気を読み、周りが笑っていたら自分もニコニコし、長女が癇癪《かんしゃく》を出したりして空気がよどんでいたら、悲しい顔をしていました。

近くにいる親戚に次女を預けて外出すると、じわっと涙ぐんでいたとか聞いて、知的障害こそあれ、人としての感情はきちんと育っていて、独特な発達を遂げた長女とは違う、まっすぐで優しい成長を見つけることができました。

そして、次第に、娘たちの成長とリンクするように、絵日記を書くページも増えていきました。大変だったことも、あとから読み返すと笑えたり、うれしかったことは倍になりました。

手帳に記録した絵日記を1年の終わりに読み返し、「年間トップ5」の出来事を考えるのが大みそかのひそかな楽しみでもありました。

障害のある娘たちとの生活は、正直言えば、思い描いていた子育ての斜め上をいくもの。ぐるぐる回って成果もなければ見返りもない、自分の狭い心とのお付き合いでした。定型発達の子どもが自然に獲得している、人として当たり前の発達も、娘たちにとっては空をつかむようなもの。まったく手が届きそうもない。赤ちゃんだったあの子がいつの間にかしゃべれるようになって、どんどん追い越されていく。人間の発達って教科書通りに進むものなんだと、生物学的な「違い」を何度も突き付けられる。

自分の我慢の限界や諸々の至らなさと向き合い、悟りを開くつもりもないのに、何の修行をさせられてるのかしら、とほほ……、とうなだれて、娘たちを引き連れて歩く公園からの帰り道。何もかも捨てて一人になりたいと、かなり具体的に、一人になる方法を頭の中でシミュレーションしていました。いつも寸止めでした。

専門家からはわが子の成長だけを見たらいいんです、とアドバイスを受けることも多かったのですが、そもそもシェルターの中で暮らしている訳ではないので、他の子へのねたみとひがみとそねみの3点セットで、ほぼ頭の中が構成されていました。しかし落ち込んでは浮上し、また落ち込んでは浮上することを繰り返し、次第に周りと比べる気持ちをセーブする術を身に付けていったように思います。

そして、いつの間にか、癇癪《かんしゃく》もちの長女も落ち着いて過ごす時間が増え、また、病弱だった次女も療育園での単独通園を経て、保育園、地域の小学校で過ごすようになり、親と離れる時間が増え、あら、今日は絵日記に何を書いたらいいのかしらと悩む日も多くなりました。

時間が経ち、人を羨ましく思うことも、自分の心をなくしたような悲しい気持ちも薄らぎ、「この子はこうやったら落ち着くんです」「ここまでは一人でできる、この辺をフォローしてください」「医療的ケア児のための支援を！」など、学校や行政に支援をお願いすることも増え、図々しく、厚かましく、たくましくなったものだと、育児ノートに記録を始めた日から、積み上げがった手垢のついた手帳を撫でて、ようやくここまで来れたのかなと、少し誇らしく思います。

医療的ケア児～トンネルの中に置いてけぼり～

大きな病気を持って生まれても、医療技術の進歩により、多くの小さな命が助かるようになりました。現に次女も、出生後、手術までの待機期間が短く、生後3カ月で内視鏡による8時間のオペに耐え、命を助けてもらいました。その代償として、生活をしていく上で医療的処置が必要となる「医療的ケア児」となりました。

退院後は医療的ケアを家庭で行います。その処置がなければ健康を損なう子どもです。その手技は、主治医からの指導を受けた親が行うことが原則とされています。

医療的ケアのあるなしというのは、大げさかもしれませんが、家族のその後の人生を大きく変えてしまうのです。

まず、子どもを誰かに預けるということが簡単にはできません。本来は病院で行う処置を、家庭で行っているのですから、命や健康を損なうこともあるのです。また、どこかへ出かけるというのも医療物品を背負って行かなければならず、行動範囲は狭くなります。

さらに、保育園や学校等に、医療的ケアを行える看護師の配置がないケースがほとんどで、就園就学の際に、親が子どもに付き添うケースがとても多いのです。仕事を続けていくこともあきらめなければなりません。つまり医療的ケアがある子どもを育てていくというのは、社会から孤立した中で、家族がほとんど担わなければならないのです。

しかしながら、少しずつ認知が広まっていき、２０１６年６月児童福祉法改正により、初めて医療的ケア児が法律上定義付けられました。医療的ケア児の保健、医療、福祉その他の各関連分野の支援体制の整備が、地方公共団体の努力義務とされたのです。[3]

このとき医療的ケアがあるために誰にも託せない次女を育てながら、真っ暗なトンネルの中に置いてけぼりにされたような孤独を感じていた私は、医療的ケア児への支援を求めようと、行政へはたらきかけることにしました。前例のないことを前向きに検討してもらえるのか、不安の中、小さな一歩を踏み出しました。（詳しくは後述）

3　改正後の児童福祉法56条の6第2項（平成28年6月3日施行）「地方公共団体は、人工呼吸器を装着している障害児その他の日常生活を営むために医療を要する状態にある障害児が、その心身の状況に応じた適切な保健、医療、福祉その他の各関連分野の支援を受けられるよう、保健、医療、福祉その他の各関連分野の支援を行う機関との連絡調整を行うための体制の整備に関し、必要な措置を講ずるように努めなければならない」

〈自己紹介〉

はじめまして
雪見うどんと
申します
ユキさんと
呼んでください
長女（16）です
自閉症と診断が
ついてますが、
親からみれば
ひとつの個性というか、
怒りっぽくて
記憶力抜群で芸術肌で
個性の塊のような
娘です
次女（11）です
ダウン症で明るく
いつも幸せそうに
しています
いろんな病気を持って
生まれましたが、
とても元気になった
医療的ケア児
でもあります

障害うんぬんという話ではなく、ちょっと変わり者とのんびりほがらかな2人の姉妹をめぐる家族のストーリー
…あ、夫君のことを忘れていました
いいけど
どうして絵日記は２０１４年からなんですか？
私は２００７年に生まれています
育児が大変すぎて白目むいてました
ええっとお…

今日のことは覚えていても、時間がたってしまうと忘れちゃう日記にして読み返すと面白いよね
2009年○月○日
はいして
2010年○月○日
は〜
ペラペラ…
スゲエ!
10年間の一部ですが楽しく読んでもらえると幸いです

3．あゆみ

2014年　長女が小学生、病弱な次女との生活

長女が保育園を卒園し、地域の公立小学校（特別支援学級）へ入学しました。次女は2歳です。この年は次女の度重なる入院と、長女の小学校入学という豪華2本立てです。

小学校入学というと、障害児界隈のお母さんたちを悩ませるのが登校の問題です。いきなり何するか分からない長女を登校班の中に放り込むわけにもいかず、親は付き添います。

衝撃だったのが、ついこの前までお父さんお母さんが送り迎えして保育園でやんちゃしてた子らが、小学校に入ると、周りを見て上級生の言うことを聞いて、子どもだけで学校に行けるんですよね。

そんな社会性を持ち合わせていない長女には、初日から半年ほど付き添いました。移動支援という障害者福祉サービスもあるのですが、学校の送迎には使えない自治体が多いため、親が付き添って登校します。片道30分、往復1時間の距離、病弱な次女を毎日1日2回連れていくわけにもいかず、ヘルパーさんに預けて長女の登下校に専念しました。

ところが、入学してわずか1週間後、次女が体調不良で入院。長女は親戚の家から学校に通いました。

新しい環境というのは誰しも最初は緊張すると思うのですが、発達障害がある子とその親にはまさに試練です。とにかく落ち着かない。いたずらをして大人の気を引こうとするなど、困った行動が増えました。

環境の変化プラスお母さんがいない状況で、長女は親戚の家でありとあらゆるいたずらをしたそうです。

そして次女の退院後、再び登下校の付き添いが始まります。親の付き添いなどなくても登校できる小学生の子らは、全員が静かに登校している訳でもなく、傘を振り回したり、飛び出したり、喧嘩をしたり。何かをしでかしそうだから付き添っている長女と、この小学生たちと、一体何が違うんだろうと。玄関で行ってらっしゃいができる親と、学校まで付き添わなければならない私と、この差はどこにあるんだろうと、学校まで2往復する道すがら、考えていました。

ある日の登校中、登校指導の先生が突然現れたとき、ふざけていた小学生らは急に静かになり、ピシッと列を作ったんです。そのとき長女はふらふらと登校班の列からはみ出していました。これが社会性のあるなしなのかと、妙に納得したものです。周りを見て空気を読む、長女にもっとも欠けているものでした。

そんなふらふらとして上級生の指示にも従えず、親に手を引かれて通学をしている長女を見て、いじわるなことを言う子もいました。

「算数とか勉強できないんでしょ?」

カチンときた私は自閉症の得意分野で対抗しました。

「1000も2000もずっと数えられるよ。しかも英語で」

子どもたちからどよめきが起こりました。

自閉症の特徴として、特定のものごと、たとえば長女の場合は文字や数字に強い興味があります。半面、途中で飽きてやめることができないのですが、バカにしている小学生に驚きを与えることくらいはいいでしょう。ドヤ顔で披露しました。

〈入院中の出来事～それは足～〉

〈入院中の合間をぬって～長女の卒園、入学～〉

卒園式
次女の入院先から
駆け付け、
卒園児の母の
必須アイテム
ハンカチ忘れた
小学校入学
次女が退院
長女の入学に
ギリ間に合い、
登下校の
付き添いの日々
が始まる
1週間後
次女が
体調不良で
また入院
うーー
ヤベェ！

〈長女からのするどい質問〉

次女を病院に連れて行ったらそのまま入院ということも多く、長女は今日の帰宅の有無を確認したかったのかもしれないし、さみしさから出た言葉なのかもしれません。

〈長女、一目置かれる〉

自閉症は空気を読むことが苦手で、興味の幅がとても狭い特性があります。興味のあることならば機械的にいつまでも続けることができます。

〈今日はお母さんのお誕生日だよ〉

〈次女が初めてつかまり立ちできた！〉

ダウン症はゆっくり成長する子が多く、定型発達児なら生後７カ月ごろからつかまり立ちするかと思いますが、次女は２歳になる手前の時でした。待ちに待った感動的な場面はカメラには収められませんでしたが、記憶にはしっかり残っています。

〈次女の真似する長女〉

自閉症は人の真似がとても苦手です。長女もそのはずだったのですが、いつもニコニコ笑っている次女の真似をしたという、衝撃的な出来事でした。

〈さすが療育出身〉

発達に遅れのある子どもたちの多くは、就学前に集団生活に慣れるためのトレーニングを受けます。できるハードルを下げ、細かく目標を設定して、1つできたらすかさずほめることを繰り返します。長女も療育施設に通い、ほめられる喜びやできることの楽しさを経験しました。

〈次女が立った！〉

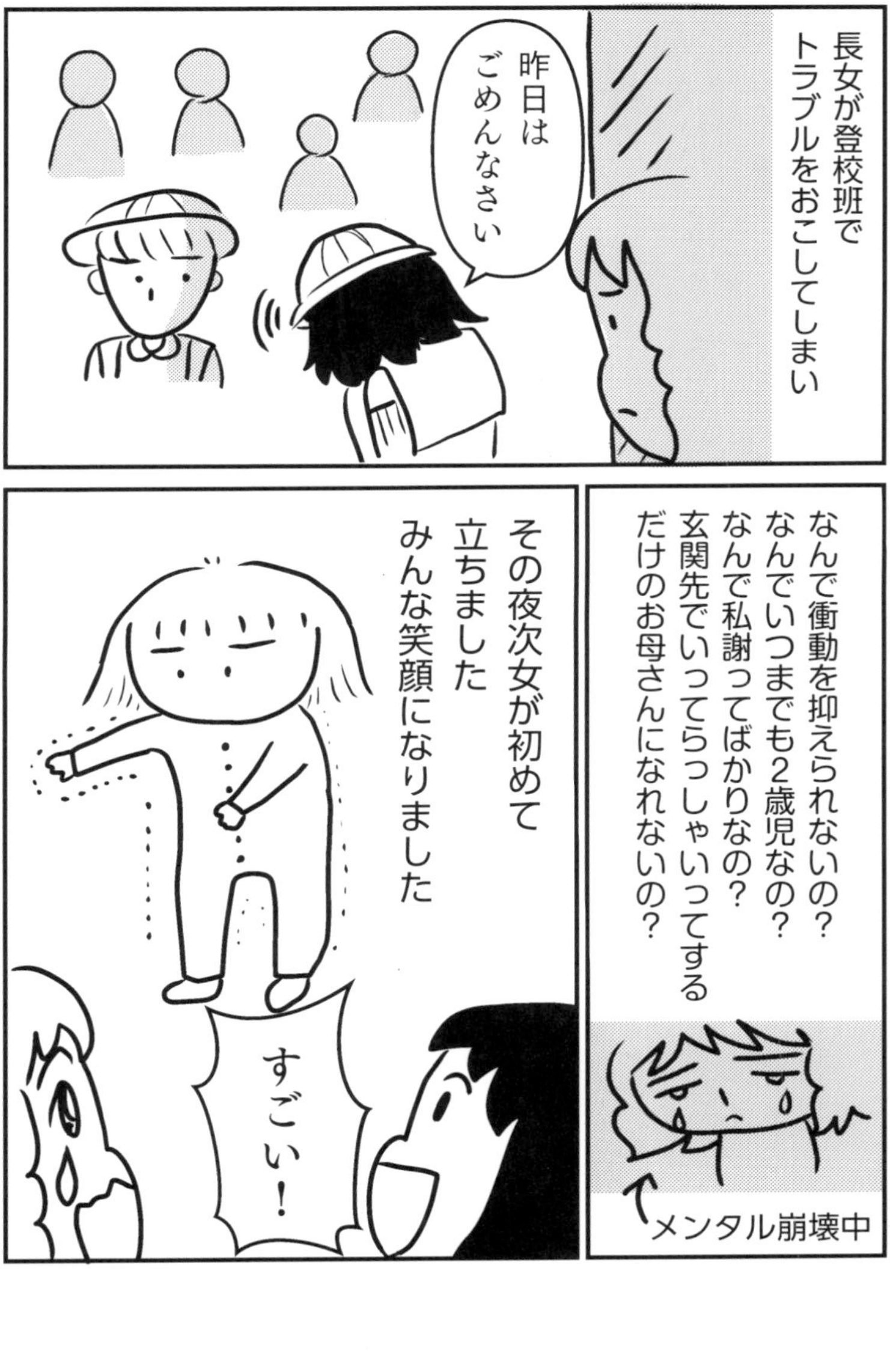
長女が登校班で
トラブルをおこしてしまい
昨日は
ごめんなさい
なんで衝動を抑えられないの？
なんでいつまでも2歳児なの？
なんで私謝ってばかりなの？
玄関先でいってらっしゃいってする
だけのお母さんになれないの？
メンタル崩壊中
その夜次女が初めて
立ちました
みんな笑顔になりました
すごい！

〈初めて靴をはいた次女〉

ダウン症は足首がやわらかく、また、偏平足のことが多く、立てるようになる頃、医療用のインソールを作ります。このインソールが４万円。高額医療であとから戻ってくるのですが、足が成長する間は毎年作り直します。

〈クリスマスプレゼント届いてます〉

クリスマスに限ったことではないのですが、自閉症は普段と違うイベント（行事）が苦手で、いつもどおりが落ち着くようです。なんだかよく分からないプレゼントより、いつもと同じiPadが好きなのです。

〈法事にて〉

2015年

次女と親子通園スタート、陳情書を提出

長女小学2年生、次女3歳です。この年、次女は、歩けない子どもが親子で通う通園施設に入園しました。

週4日通い、10時半の朝の会から始まり、降園は15時。その間、親子でいろいろな活動を楽しんだり、お母さん同士のつながりを深めたりしました。

こちらの施設には、医療的ケアのある子どもが数名通っていました。たんの吸引、胃ろう、導尿など、「カテーテル何番使ってる?」とか、通じ合える者同士のおしゃべりが楽しかったです。

同じクラスの子どもたち十数名とそのお母さんと過ごし、成長を喜び合ったりしました。

幸いにも次女は通園期間中に歩けるようになり、親子通園施設は1年で卒園することになります。そして、卒園後の単独通園に向けた親の付き添い問題の壁に見事に激突しました。

医療的ケアがあり病弱だった次女は、この3年間、何度も入退院を繰り返しました。入院は24時間の付き添いが原則でした。ぐったりしている次女の体調管理は主治医や看護師に託し、私の手から離れました。しかし、掃除や家事全て免除という特典がついていても、外が暑いのか寒いのかも分からない病室。ナンクロで時間をつぶし、心モニターの音と数秒ごとに一定の間隔で落ちる点滴を見つめ、時間が過ぎるのをじっと待っていました。

入院には終わりがあっても、医療的ケアに終わりはなく、ましてや知的障害を併せもつダウン症。

「入院とか、いつまで続くんですかね？」と、主治医に気合いの入った質問を投げかけたところ、「あと3日ね」。いや、そうじゃなくて。退院してはまた入院のエンドレス。永遠なんて、愛を語る以外では知らなくていい言葉でした。

しかし、永遠に続くように思えた入退院期も、少しずつ間隔が延び、毎月だったのが3カ月、半年となり、永遠よグッバイ、と明るい兆しが見え始めました。通常であれば、来年の進路は、障害児を預かってくれる療育園や幼稚園、保育園に入園し、片時も離れず子育てをしていたお母さんの仕事は一区切りとなります。

ところが、医療的ケア児は簡単に親子分離ができないのです。療育園や保育園や学校に看護師の配置がないため、多くの親が付き添いや別室待機をするケースが非常に多いのです。子どもを預けて働きに出たり、自由な時間を手に入れる人たちが多い中、どうして私だけ？　と思わない日はありませんでした。自治体により看護師の配置があるところもありますが、ごくまれなケースです。私の住んでいる自治体でも同じでした。しかし、要望を伝えなければ何も始まらないと、医療的ケア児への支援をお願いすることにしました。

２０１５年、翌年就園予定の療育園へ看護師の配置を求める陳情書を、自治体へ提出しました。受け取ってはくれたものの、具体的な検討には至らず、たった一人の子どものために予算を出せない。この一点張りでした。

「お母さん、大変申し訳ないんだけど」「お母さんに来ていただかないと」「お母さんいつも頑張っていらっしゃるとは思うけど」

この枕詞のあとに続くのは、「他に代わりがいないし私たちにはできない医療的ケアですからね、お母さん必ずやってねよろしくね」。

こうもはっきりとは言われたことないですが、「お母さん」のプレッシャーは大きく重いものでした。労いの言葉こそかけてもらえても支援の手はなく、「置いてけぼり」「孤独」。社会から一人取り残されているようでした。

〈ポイしました〉

こらっ!!
ブォン
関係ないのにもらい泣き
悪いことした
うわあああ〜
数分後、クールダウンし
お母ちゃんポイした悪いことした
ハイ…

〈歩行訓練と〉

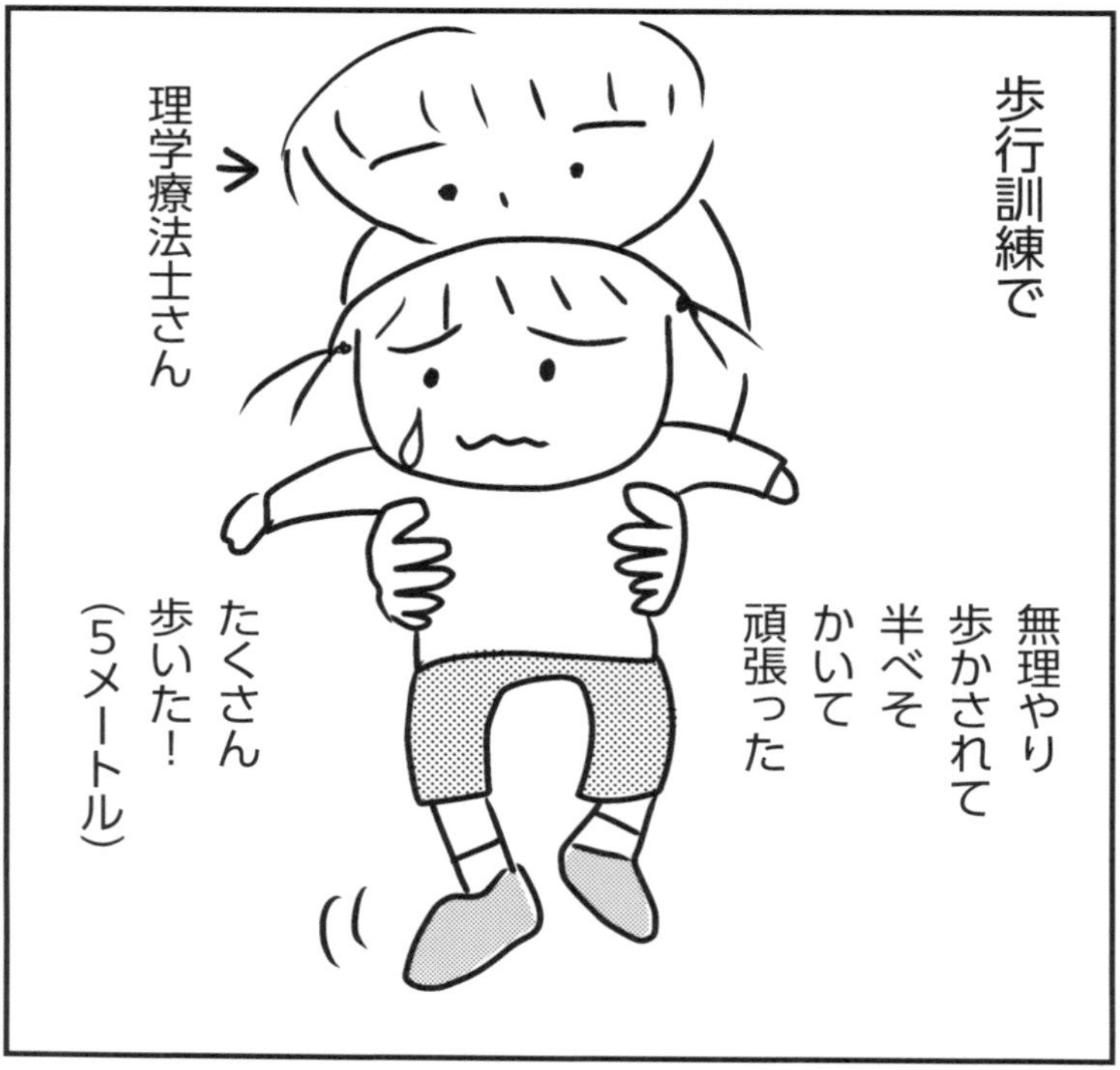
歩行訓練で
無理やり
歩かされて
半べそ
かいて
頑張った
理学療法士さん
たくさん
歩いた！
（5メートル）

（おまけ）
新規オープンの
コンビニへ行って
ご機嫌な
コンビニマニアの夫
よかったよー
お誕生日でした

ダウン症は体幹が弱いことが多く、赤ちゃんのころからリハビリに通い、歩行訓練を行います。無理やり歩かされるので、いつもギャン泣き。歩けるようになるとお散歩に行ける楽しい時間に変わりました。

〈次女が歩いた〉

子どもの成長において、同じ年月を歩んだからといって同じように成長することがないのは、長女の頃から嫌というほど自分に言い聞かせてきたことです。「いつかできるようになる」と信じていても、小さすぎるほどの成長が見えず落ち込むこともありました。しかし一律にもらえる母子手帳の「一人歩きができた日」に日付が入れられたこと、これまでの小さな歩みを思い出し、喜びや感動は大きなものになりました。

〈3つのお約束〉

くまくん、今から
公園に行きます
長女が小さいころから
大事にしているぬいぐるみ

お約束
1、帽子をかぶります
2、手をつなぎます
3、…3、…
3つ約束したいが
3つ目が出てこない

〈なかよしエピソード〉

朝、おそろいの髪型にしました
か～わ～い～い～
夕方、同じ側のゴムがはずれていました
な～か～よ～し～

人とのかかわりが苦手な長女と、人懐っこい次女。「普段はどんな感じなのですか」といろんな場面で聞かれることも多いのですが、長女には必要以上に話しかけてはいけないと、次女は赤ちゃんのころから空気を読んできたようで、同じ空間にいても、それぞれ関わりは最小限で、仲が良くもなく悪くもない関係性です。

〈医療的ケア児への支援を求めて①〉

市役所で
関係者を前に
医療的ケア児への支援を！
結果ありきの会議だった
分かってたよ
地域に数名しかいない超マイノリティに
公金使えないってことくらい知ってた
悔しい
家に帰ったらたまらなくなって泣いてしまった
悲しいの？
うわ〜ん

〈次女が階段を上った〉

次女が階段を2段
手すりを持って上れました
翌日、石とか枝も落ちてて
障害物だらけの緑地をずんずんと進んで行きました
少し急な下り坂手を伸ばすので、抱っこかなと思ったら
手をつないでくださいというヘルプでした

たとえばハイハイという動作ひとつとっても、たくさんの「できた」のページがありました。定型発達児であればあっという間に過ぎていった「できた」の瞬間を、ひとつひとつ噛みしめ、そのたびに喜びがありました。

〈ソーシャルディスタンスでどうやって〉

コロナ禍で浸透したソーシャルディスタンスという言葉は、この当時はまだ一般的ではありません。人との物理的な接触や耳からの情報が苦手な長女は、人との距離を取る、口頭で説明するより、紙に書いたりして説明する等、特性を活かし、感染症対策を先取りしていました。

2016年

次女が単独通園、医療的ケアがあるために

長女小学3年生、次女4歳（年少）です。この年、次女は単独通園の療育園に入園し、初めて親と離れ、先生やお友だちと生活することになります。当時、次女は1日3回の医療的ケア[4]が必要でしたので、給食後に医療的ケアを行うために処置に向かい、15時の降園にあわせてお迎えに行くという、家と療育園を3往復する生活が始まりました。

処置のために園にたびたび足を運ぶことは、子どものためにできないことではない。しかし、私がいなかったら次女は療育園に通うことはできない。他の子どもと同じように、先生や仲間と当たり前に過ごしてほしい。その思いを支えるだけの私の体力、精神力は限界ギリギリをさまよいながら、気を張って毎日療育園へ通っていました。

それでも10時に預けて13時までは自分だけの時間がありました。4年ぶりの自分の自由な時間。身軽に買い物に出かけたり、家の片づけなどもはかどりました。

そんなとき、昨年度まで在籍していた親子通園施設の職員の方から電話がありました。

「ボランティアをしてくれないか」という依頼でした。

親子通園施設は、楽しい場所ではあるけれども、基本母子が一緒で、お母さんの自由時間は、お昼の休憩時間だけです。そこで、その施設内で子どもをボランティアさんが預かって、お母さんが自由に出かけたりするという取り組みをおこなっていました。もちろん、次女もボランティアさんに預かってもらったことがあります。恩返しという気持ちで、月に数回、ボランティアをすることになりました。

親子通園施設には看護師が常駐していました。医療的ケアがある子どもを一時的に預けることができ、親子分離が可能というのは理想の形態でした。ここを卒園したあとの進路、どこを選んでも看護師の配置のないところばかりでした。医療的ケア児のお母さんの苦悩を思いながら、こちらの施設長に相談もしつつ、医療的ケア児への支援を求める2回目の陳情書の作成をしました。

そこで追い風となったのが、2016年6月の児童福祉法改正です。(28ページ参照)初めて医療的ケア児が法律上定義づけられ、地方公共団体は医療的ケア児への支援を努めるよう明文化されました。しかし「努力義務」であって「義務」ではないため、支援は自治体の裁量によりました。さらに前例のないことを前向きに検討してもらえるのか。医療的ケア児の他の親御さんともつながりがなく、陳情書の提出人は私と、さみしいので夫の名前を下に書き添えました。なぜ下かというと、五十音順です。

4 食事後、カテーテルと生理食塩水により腸を洗浄する医療的ケアを行っていました。

陳情書には、医療的ケア児を育てる親の正直な気持ちを書き綴りました。また、同年に、市長や子育て支援、教育委員会、福祉関係の担当者に、市民の意見を聞いていただける意見交換会があり、勇気を振り絞って、マイクを握り、震えながら思いを伝えました。

カラオケの採点機能でビブラートが加点されるようなことではないですが、震えながら伝えたその思いは、行政の幹部の方に直接届き、大変ありがたいことに、県内では初めて、全国的にも数例目となる訪問看護による医療的ケア児への支援が実現しました。

〈中耳炎で入院〉

療育園に入園する１カ月ほど前に入院しました。入園前はバッグやきんちゃく袋などいろいろ手作りしないといけないのですが、まさかミシンを病棟に持ち込む訳にもいかず、入院の付き添いで時間はたっぷりあったので、入園グッズを手縫いでつくりました。SPO2（酸素飽和濃度）の数値については、95以下になると息苦しい、90切るというのは酸素マスクをしないといけないレベルです。

〈ようやく回復〉

分かりやすく喜びを表現したり、自分の気持ちを表現することができない長女ですが、退院するときはいつもうれしそうにしてくれました。もしかしたら当時、次女への恨みのような気持ちもあったのかもしれません。それを表現する術がなく、イライラしたり癇癪《かんしゃく》に繋がっていたこともあるかもしれません。しかし、その気持ちを次女に直接ぶつけることはほとんどありませんでした。長女のやさしさであり、次女の持つ不思議な力かもしれません。

〈次女が療育園に入園〉

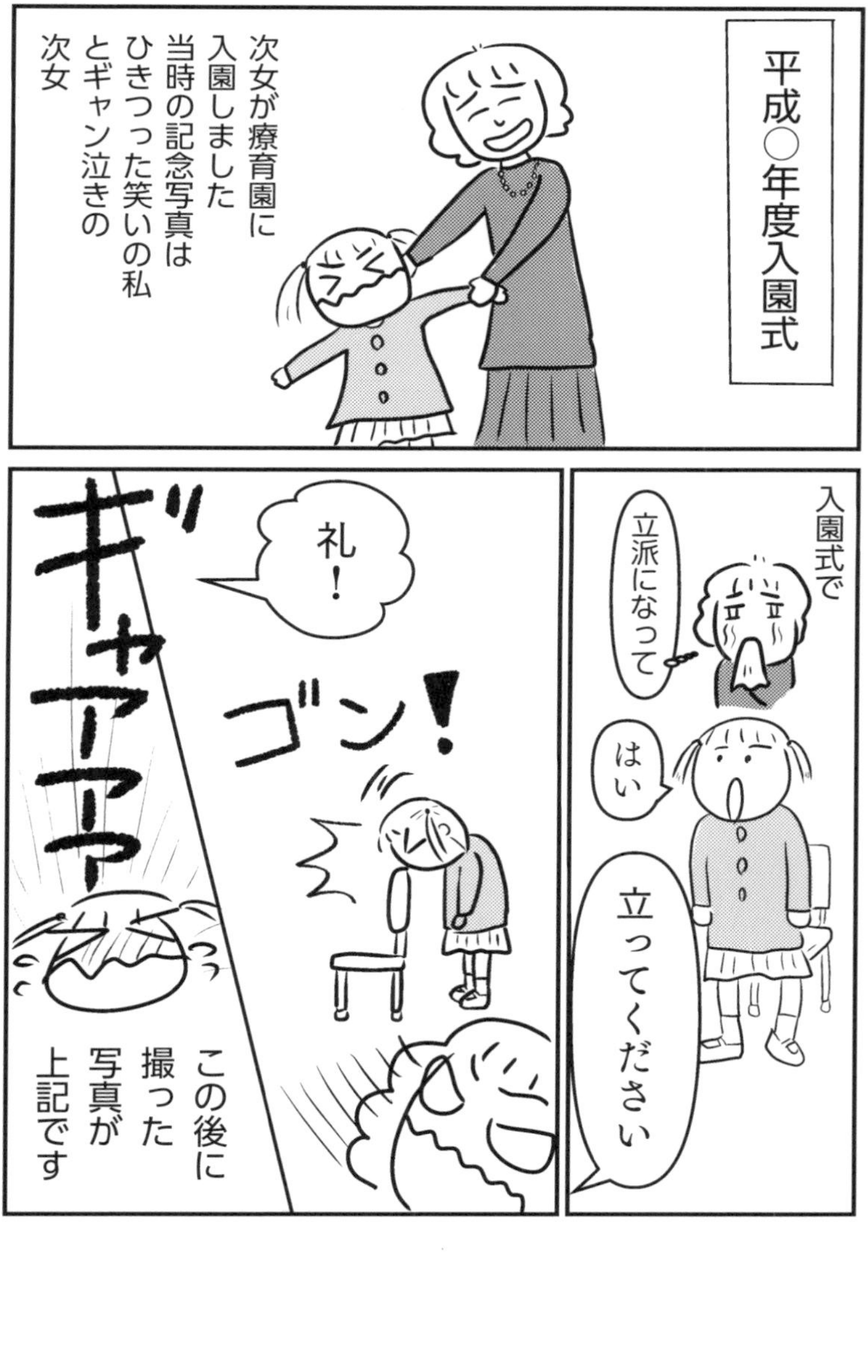
平成○年度入園式
次女が療育園に入園しました
当時の記念写真はひきつった笑いの私とギャン泣きの次女
入園式で
立派になって
はい
立ってください
礼！
ゴン！
ギャアアア
この後に撮った写真が上記です

〈元気だったのに入院〉

子どもが急に発熱することはよくあることですが、病弱である次女の具合の悪くなり方は、高いところから急降下するジェットコースターのようでした。昨日まで元気だったのに、ということがたびたびありました。入院グッズは、常にフル装備で部屋の隅に置かれていました。

〈わけっこと半分こ〉

次女ちゃん、わけっこしよ～
さりげなくピーマンをわけてあげた

次女ちゃん、ケーキ半分こしよ～
なんかおかしい
自分の分はもう食べた
？？？？

〈手が３本ほしかった〉

一輪車に乗り始めた長女と
次女を連れて公園へ
おー

両手に2人と脇にボール
一輪車で
帰ると言って
聞かない
無事に帰宅
しました

〈病院の予定を詰め込んだ日に限って〉

病院の受診を
1日で終わらせようと
朝から詰め込んだ日
AM10　耳鼻科
AM11　採血、心電図
（昼休憩）←今ココ
PM1　診察
着信
学校
ピピピピピー
長女の担任
からの電話が…
長女さん
トゲが刺さって
パニックに
なってます！
あと診察だけなのに
帰らなければ…
すぐ小学校に駆け付け、
皮膚科に連れていき
ピッ
1、2、…
スゴーイ
2秒で終わりました

〈医療的ケア児への支援を求めて②〉

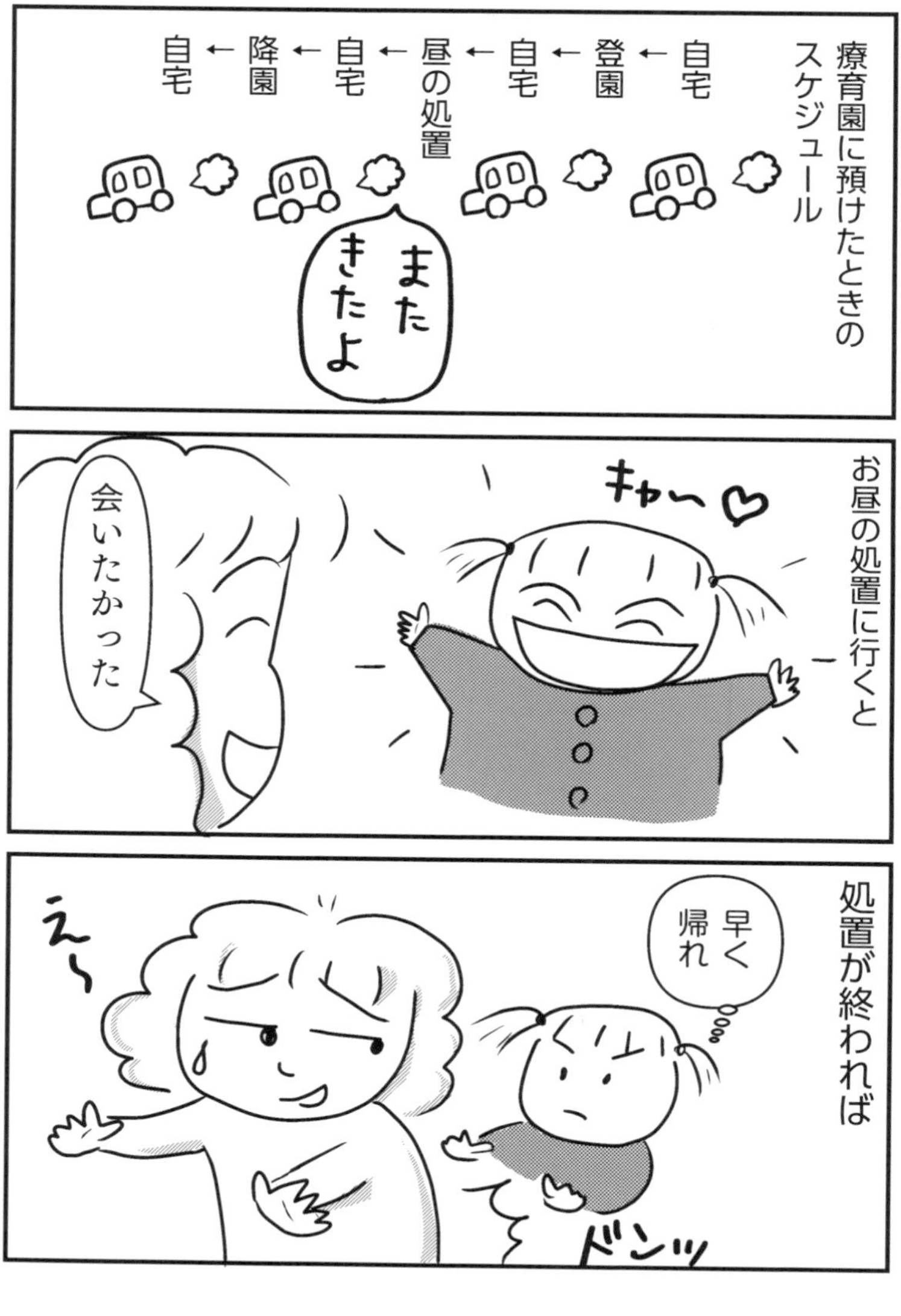

医療的ケア児への支援を求める陳情書を提出しました
1年前に提出したときよりも応援してくれる人が増え、また、法律が改正されたことは大きな後押しになりました

その年、市長との意見交換会があり、行政の幹部の人たちの前で支援を訴えました
市長
マイクを持つ手が震えました

2017年

医療的ケア児への支援が始まる

長女小学4年生、次女5歳（年中）です。

2017年、自治体による医療的ケア児への制度が成立し、公的支援が始まりました。市役所に申請に行き、市内第一号の文字を見たとき、涙が出ました。

お昼の処置を訪問看護師さんが施設に出向いて行ってくださることになり、10時から15時まで、初めて自由な時間を過ごすことができました。日数に制限はありましたが、今まで一人で担っていたことが、困ったときに助けてくれる人が近くにいると思えるだけで、こんなに心が穏やかになるのかと、真っ暗なトンネルに明かりが灯ったようでした。

そして、訪問看護師さんに次女の処置をお願いした日に、昨年度に引き続き、親子通園施設のボランティアに行きました。親子通園施設を卒園してから1年が経ってますが、次女と親子通園した時間はとても大きなものでした。

長女は親子通園はせず、年少になる3歳児のとき単独通園の療育園に預けました。思い返せば、そのころ私は定型発達の子どもと比べては落ち込み、障害のある子どもの中にいても、同じ障害を持つ子と比べては、できないことに落ち込んでいました。

次女の場合、不思議と人と比べてどうこうという気持ちにはならず、お友だちの成長はわが子の成長と同じようにうれしかったのです。ねたみとひがみとそねみの3点セットで構成されていたはずなのに。

この心境にたどり着くまで7年です。桃栗三年柿八年、私七年。何も成し遂げていない身ですが、たくさんの支援やつながりの中で、心に余裕ができたのかもしれません。

そして、次女は成長の過程に伴い、お昼の処置をしなくてもよい日が増え、この年の後半から制度を使う頻度も減り、ついに朝と夜だけの処置で済むようになりました。

2年かけて行政に支援をお願いしてきたことでしたが、実際に使ったのは1年にも満たない期間です。しかし、医療的ケア児にとって大きな一歩を踏み出すことができました。一市民の声に耳を傾けてくださった行政の方、応援してくださった方には感謝しかありません。改めてお礼申し上げます。

〈きれいなお母ちゃんはどこにいますか?〉

次女がほっぺを
つんつんするので
そうだ!
つんつん
きれいな
お母ちゃんは
どこにいるの?
フフフ
手をさっと
引っ込めました
偶然? と思いたい
え…

〈言い訳できない〉

シメシメ…
サバの塩焼き（帰りの遅い夫）
鰻丼（私と子ども）
鰻丼を食べてると
ウナギの骨が
のどに
刺さったー
夫が帰宅
大丈夫？
今夜ウナギ？サバ??
ウナギの骨が～
ウナギ嫌～
言い訳できない

〈きょうだい喧嘩をして〉

〈期待して待ってた〉

〈医療的ケア児への支援を求めて③〉

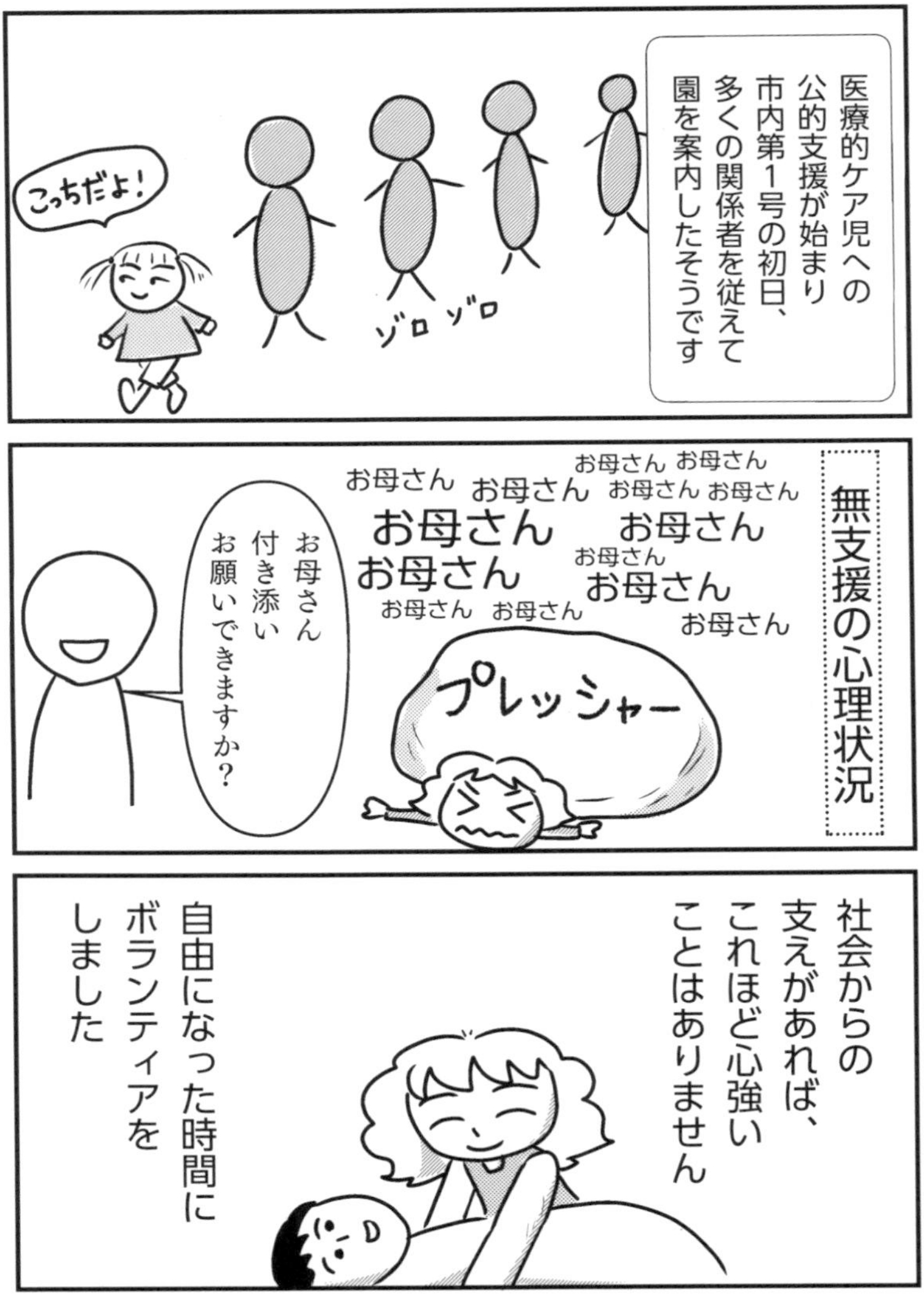

医療的ケア児問題で
朝日新聞の取材を
受けました。
看護師さん
カシャ
カシャ

私も取材があるので
カバー力《りょく》の高い
ファンデーションを
買い、普段はしない
マスカラなどもして
撮影にのぞみました
ムフフ

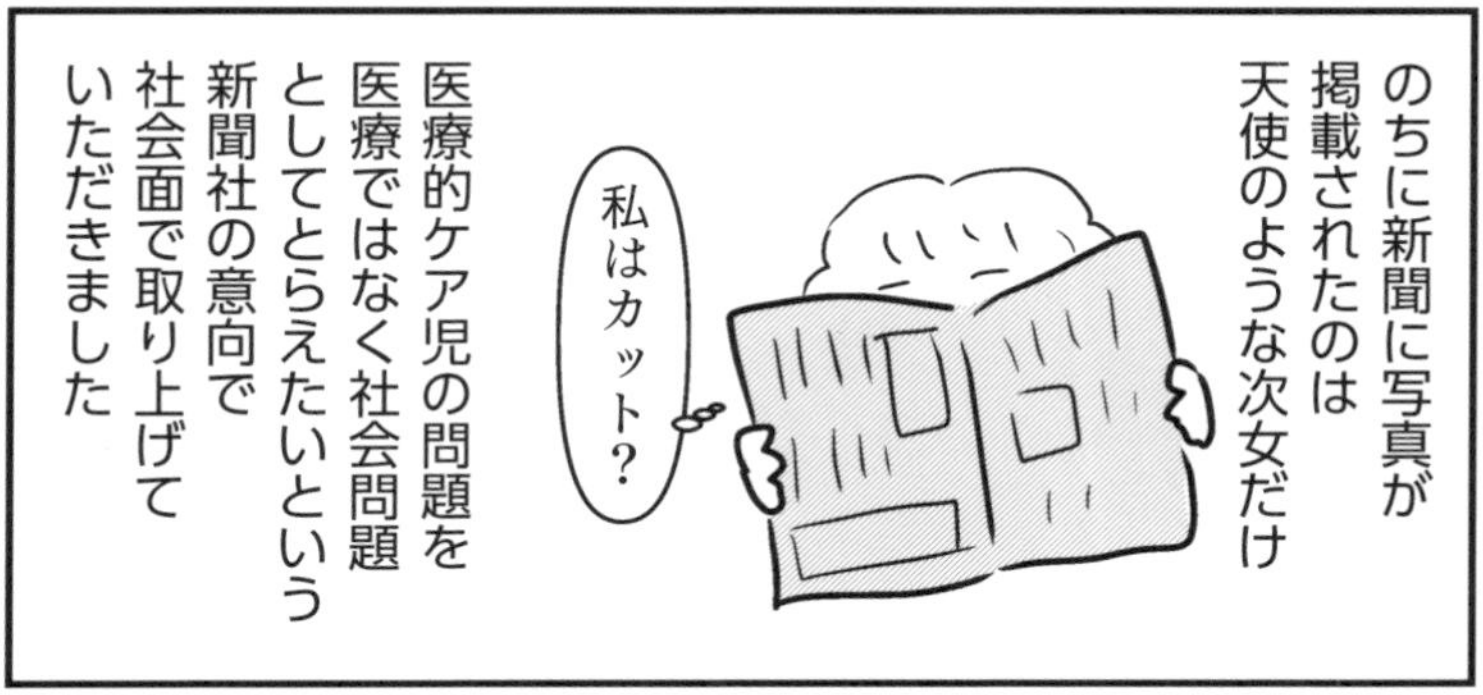
のちに新聞に写真が
掲載されたのは
天使のような次女だけ
私はカット?
医療的ケア児の問題を
医療ではなく社会問題
としてとらえたいという
新聞社の意向で
社会面で取り上げて
いただきました

2018年

長女が落ち着かない、差し出されたたくさんの手

長女小学5年生、次女6歳（年長）です。次女の成長に伴い、お昼の処置がなくなったことも大きな後押しとなり、地域の保育園に入園しました。

障害のある子は、定型発達児のやさしさを育てると言う人もいて、当然、反発する人もいますが、笑顔の広がる輪の中心に次女がいることはうれしいことでした。

この数年、次女へのボリュームがどうしても増えて、長女に関しての記述が少なかったのですが、２０１８年は飛躍前の大きな凹みの年でした。

体格も大きい10歳児です。10歳児が、癇癪《かんしゃく》もちの2歳児並みの、破壊力のある炎で包まれた癇癪玉をぶつけてきました。素でぶつかれば大やけどです。上手くかわすしかありません。

思春期の入り口でもあり、何がそんなに気に入らないのか、本人もうまく言葉にできなければ、周りも理解できません。毎日のように大きな声で泣き叫ぶ10歳児パワーに、最初こそ教科書に載っているような真っ当なやり方で対処していましたが、次第に気力も体力もそぎ落とされていきました。

ワイヤレスのヘッドフォンで好きな音楽をかき鳴らしながら、丸まって耐える、という何のお手本にもならないような対処法で逃げていました。長女の感情が収まるのをひたすらら待っていました。耐えられずに、手がしびれるほど叩いたこともあります。あの家は虐待してるんじゃないか、誰か警察や児童相談所に通報してくれないか、という思考になっていました。長女が2歳のころ、8年前、自治体の子育て支援の相談窓口に助けを求めたときのことが頭をよぎりました。

助けを求めよう。さすがにもう限界かなと、児童相談所に保護をお願いしたこともあります。施設入所も検討しました。

結局、家で様子を見ていくことになるのですが、放課後等デイサービス、短期入所等を総動員してたくさんの方にサポートしてもらいました。

「お母さん、学校でのことは安心して任せてください」と学校の先生の言葉に救われました。

孤立していた8年前と違い、「お母さんが大変だ」という情報があらゆる方面で共有されました。私の知らないところで、たくさんの方が長女を見守って、ときには癇癪玉を投げつけられたりしたと思います。成長の過程というよりは、サポートしてくださる方のやさしいまなざしに支えられ、長女も少しずつ落ち着いて過ごせるようになり、炎のような癇癪玉は無事に鎮火しました。

「落ち着いて過ごせるようになった」

書けばこの一文ですが、ここにたどり着くまでに、瓦礫をかきわけ、差し出されたたくさんの手のあたたかさを、生涯忘れることはできません。

〈次女を追いかけるようになる日が来るとは〉

歩き出すのも遅かった次女ですが、まさか次女の背中を追いかける日がこんな大雪の日に来るとは。

〈2分の1成人式〉

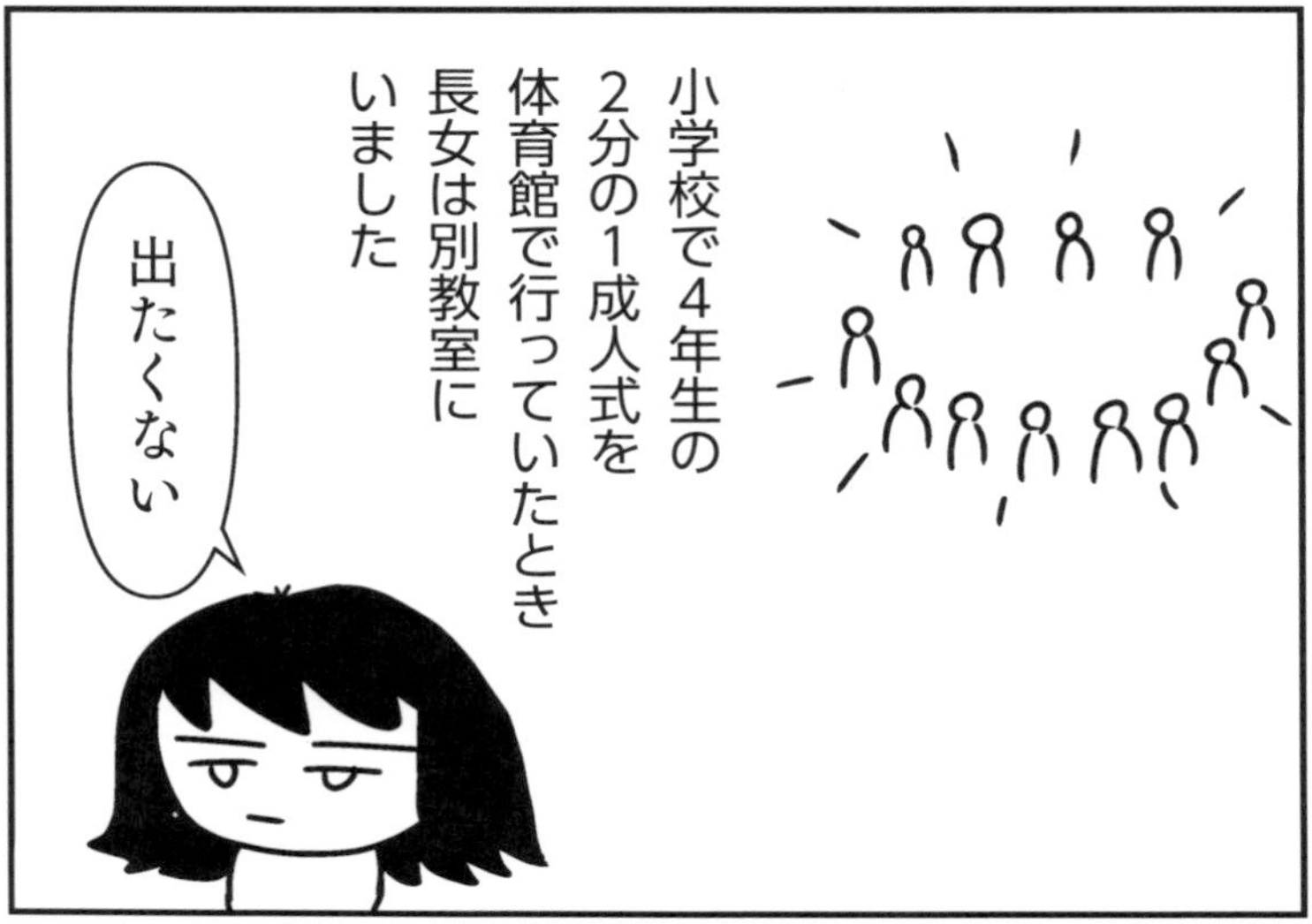
小学校で4年生の
2分の1成人式を
体育館で行っていたとき
長女は別教室に
いました
出たくない

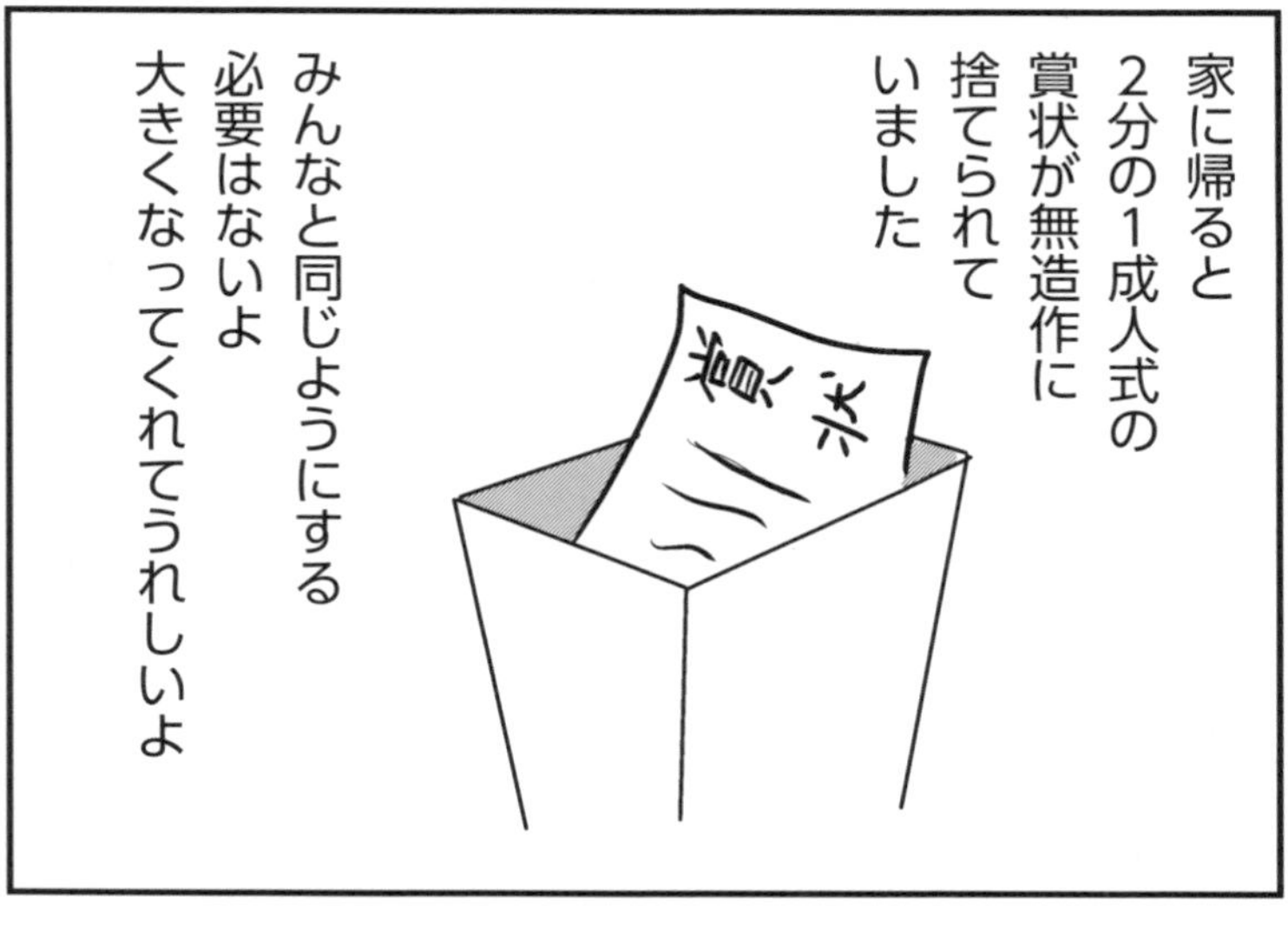
家に帰ると
2分の1成人式の
賞状が無造作に
捨てられて
いました
賞状
みんなと同じようにする
必要はないよ
大きくなってくれてうれしいよ

〈次女のズボン問題〉

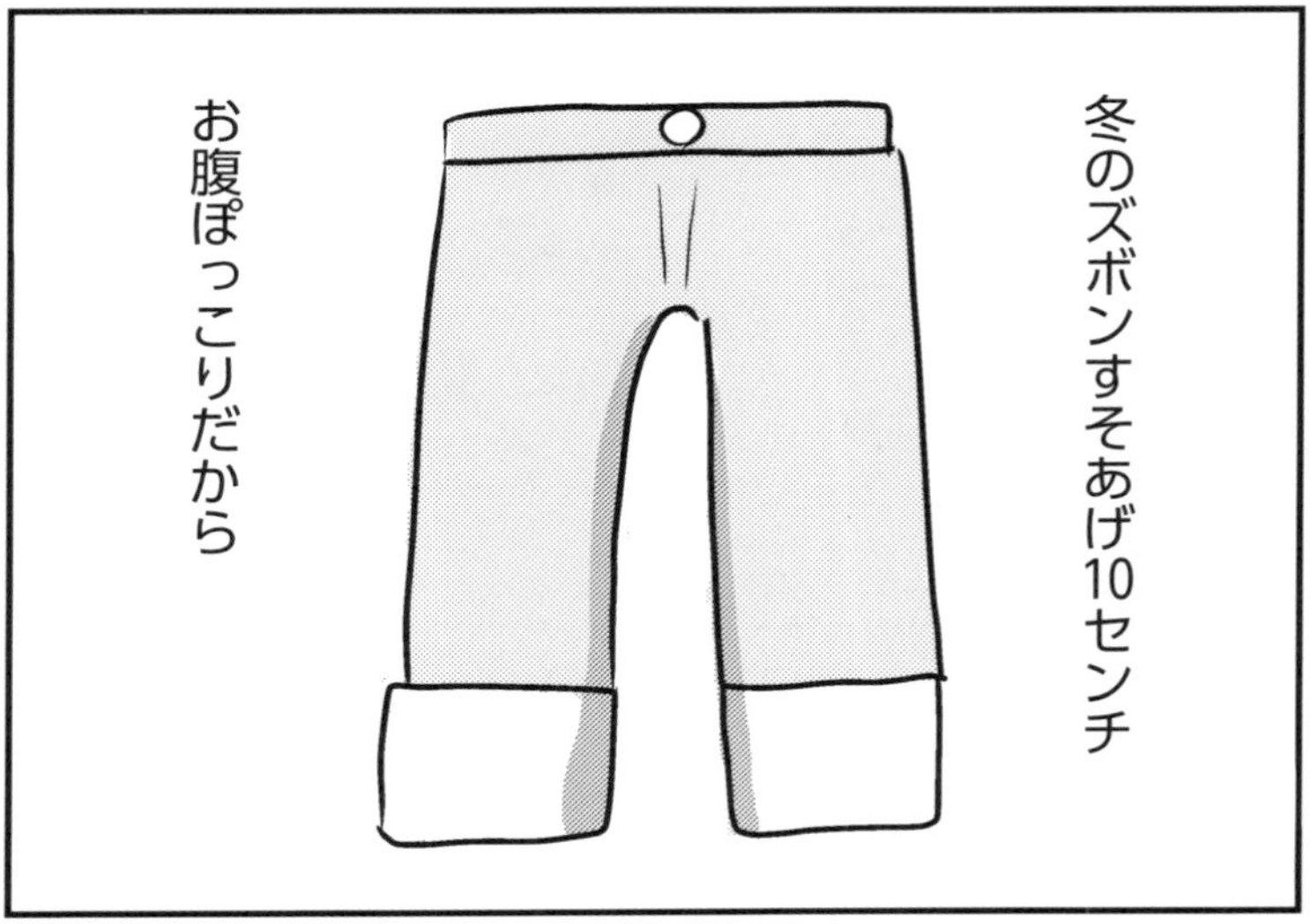
冬のズボンすそあげ10センチ
お腹ぽっこりだから

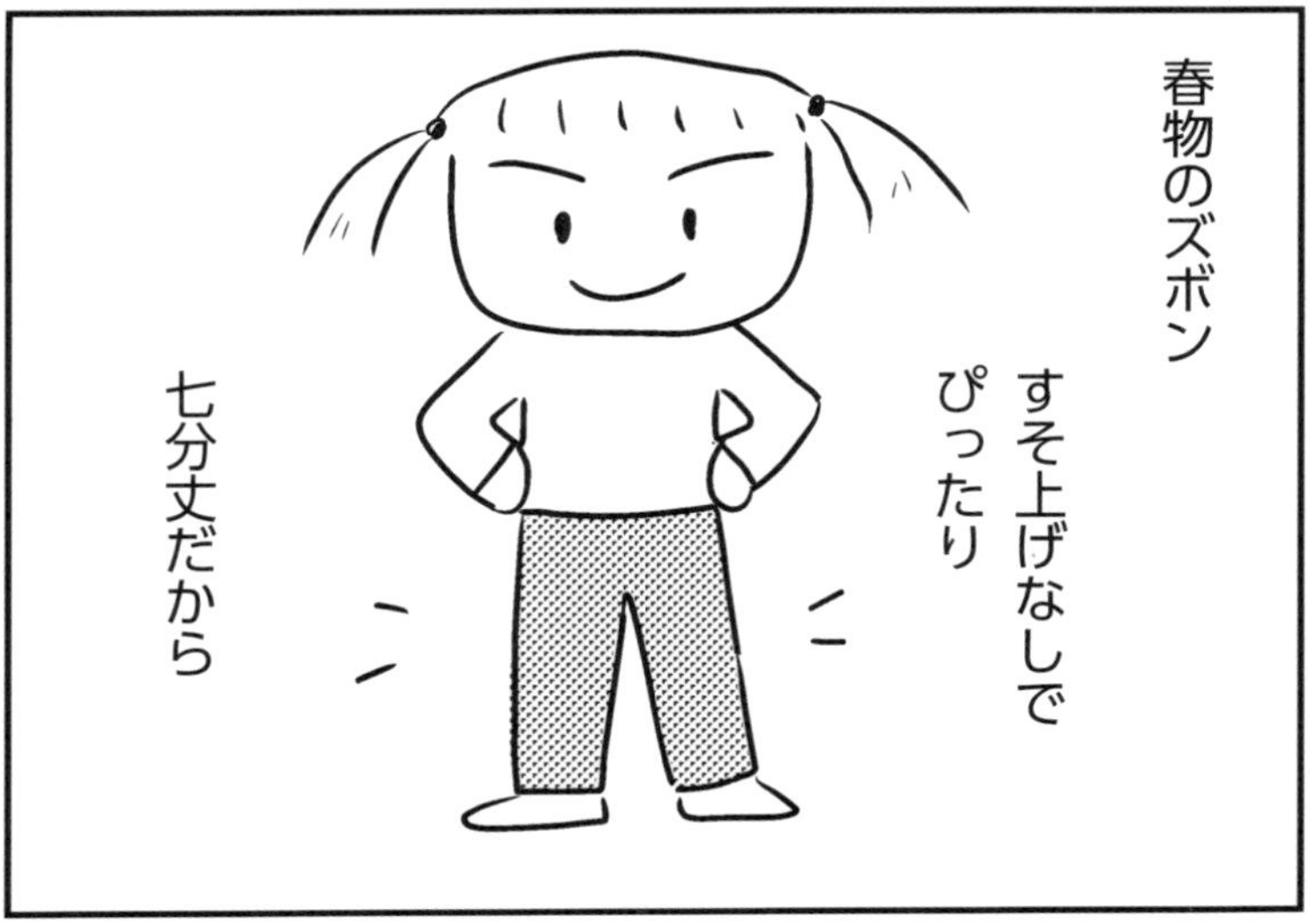
春物のズボン
すそ上げなしでぴったり
七分丈だから

〈そんな大事なことを今言う？〉

ずっと心にしまっていて急に口から出たのか、ふと思いついてポロッと口にしてしまったのか、今となっては分かりませんが、長女からの思いがけないサプライズ。家であらたまって言われると照れたり泣いたりするかもしれませんが、ここは駐車場。
「なぜ今このタイミングで？」と頭の中が混乱しました。もちろんうれしかったですよ。

〈お父さんと呼ばれたい〉

お父さんって呼んでみて たまには
普段「お父ちゃん」と呼んでる
よしかずぅ
(仮名)
ガクッ
2023年現在
ダディ
ハイ
ダディ
次女はYouTubeの影響でダディと呼ぶ

〈イカゴ？〉

「入力」がカタカナで「イカ」に見えたようです。

〈スモールステップの療育走り〉

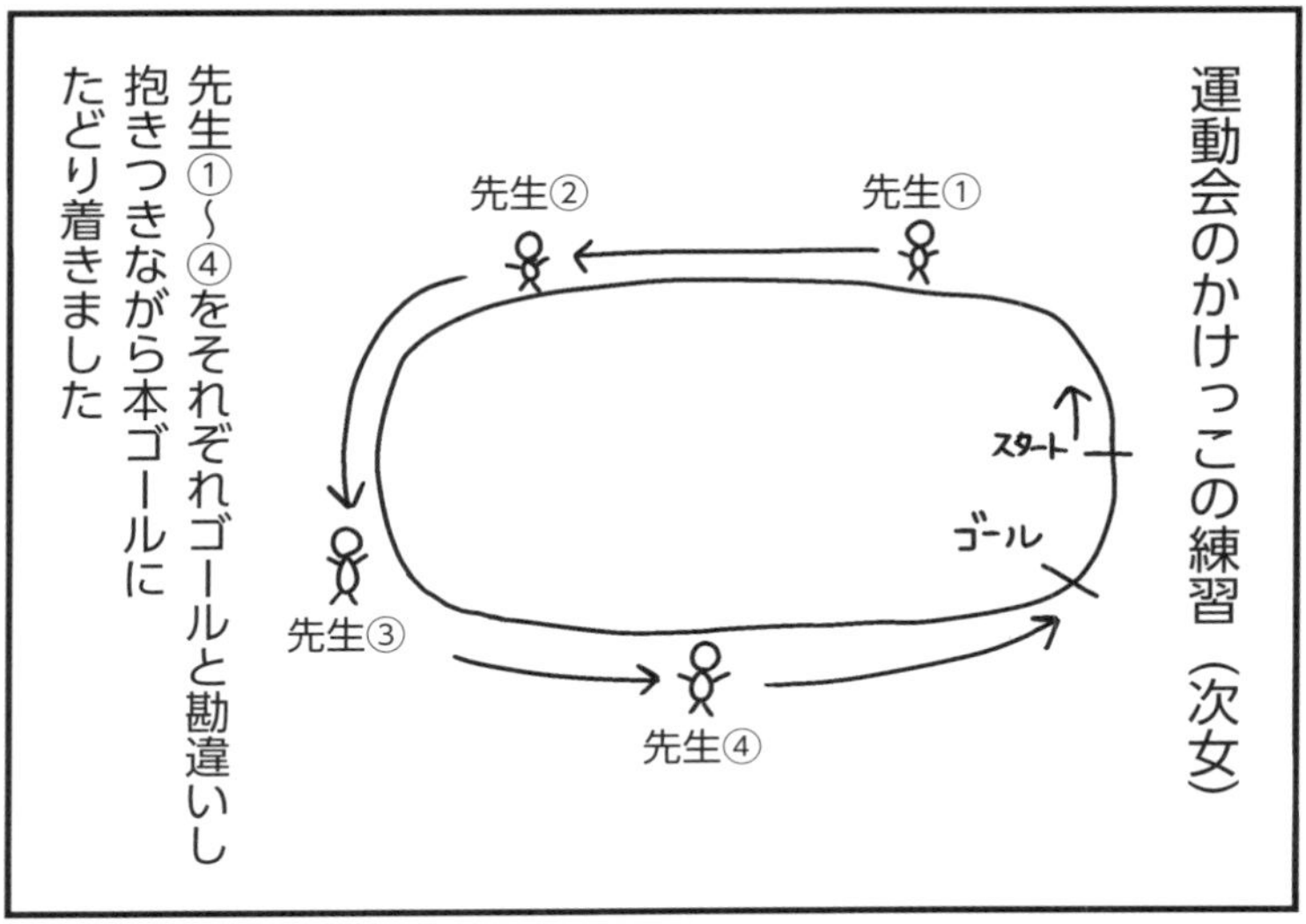
運動会のかけっこの練習（次女）
先生①
先生②
スタート
ゴール
先生③
先生④
先生①～④をそれぞれゴールと勘違いし
抱きつきながら本ゴールに
たどり着きました

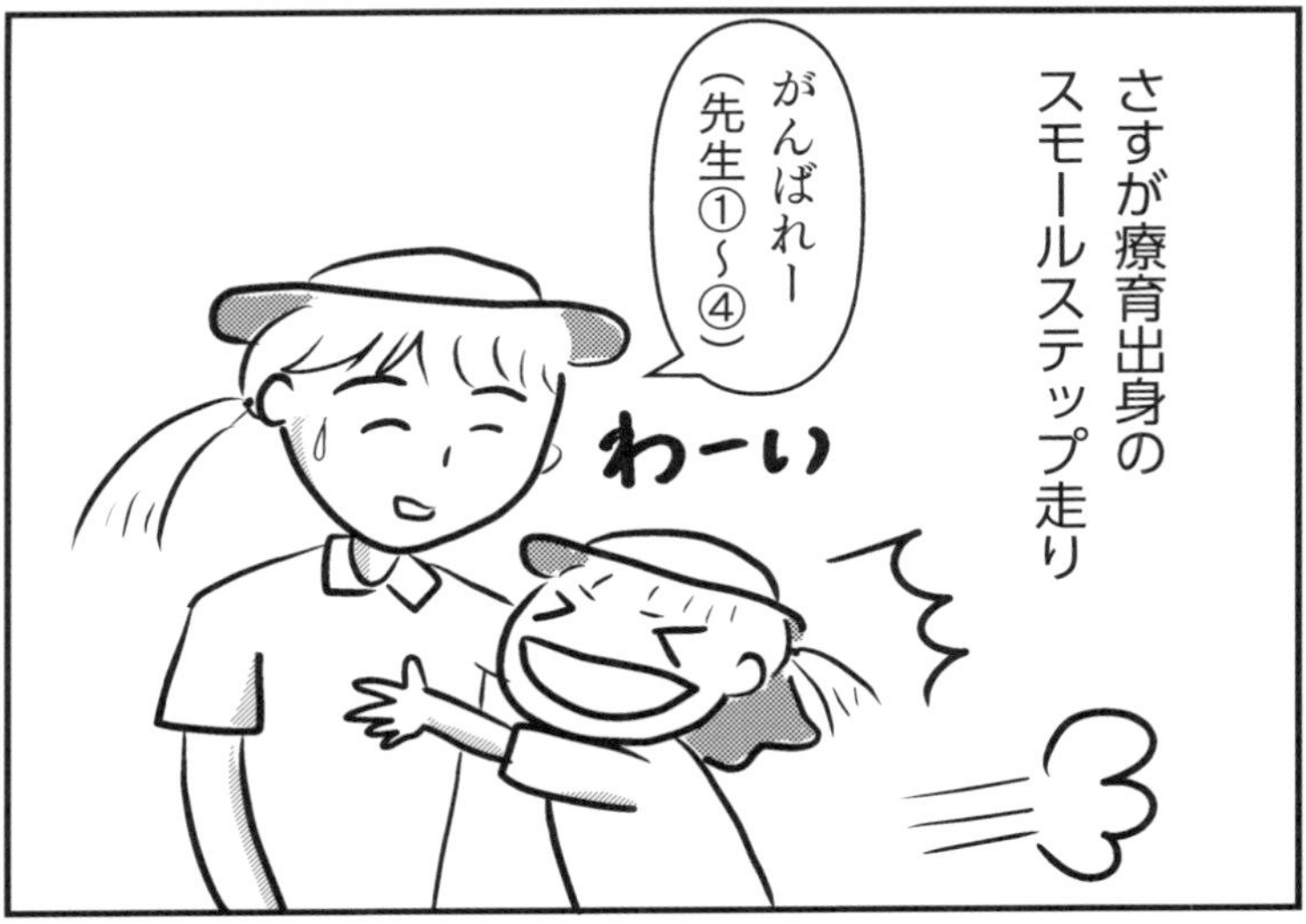
さすが療育出身の
スモールステップ走り
がんばれー
（先生①～④）
わーい

〈愛の格差〉

次女が洗濯物を
たたむお手伝いを
してくれました
よく観察してみると
ポイッ
お父ちゃんの
服はポイッ
ニコッ
お母ちゃんと
自分の服
だけたたむ
愛の格差

〈気遣いの次女〉

夕ご飯のとき
ダッシュ
はい、どうぞ
長女の好きなふりかけ
なめし
なめし
すんごーい！
ポジティブに自分でほめて解決

〈庭に現れたのは〉

10月某日、長女と
庭で草取りを
していると
キャ〜
素っ裸の次女が
立っていました
（庭でプールしてると
思った様子）
（イメージ：信楽焼の狸）

10月のエピソードです。長女と庭で草取りをしていると背後で気配を感じ、振り返ると素っ裸の次女が立っていました。夏にビニールプールをしたので、またプールやってると勘違いしたようです。

〈親亡きあと〉

次女ちゃんとご飯食べてね
コンビニとかあるから
ショック
コンビニ
いやなの
うわあああん

しばらくするとクールダウンし
お料理のお手伝いをします
と結論が出ました

3分待ちます
ありがとうお母ちゃん安心して天国行けるよ
次女のカップ麺担当

2019-2020年　コロナ禍で

長女6年生、次女1年生です。同じ小学校に1年間通いました。長女にとっては小学校最後の年、3月の卒業を控えた2月某日、日本中がどよめいたあの発表がありました。新型コロナウイルスによる臨時休校です。

予定が全て、変更は苦手、先の見通しが命綱の長女にとって、あまりにも突然で、終わりの見えないウイルス、世界中の誰もが不安の中、長女はこの状況をどう受け入れることができるのか、とても心配でした。

元々人とのふれあいは苦手な方だったので、ソーシャルディスタンスは長女にとって過ごしやすいものだったようです。手洗いの徹底というのも、コロナ以前から「今から先生オペですか?」というような手洗いを実践していました。どこで習ったのか聞くと、手洗い場に洗い方を書いた紙が貼ってあると。さすが視覚から学ぶ自閉症。

次に、マスクを常に着けていないといけない新たな生活習慣の登場です。好んで着けたいと思う方ではなかったし、「いつまでマスクつけるのか?」と聞かれても、「コロナに感染しないためにつけなさい」と諭すしかありませんでした。

しぶしぶ着けていましたが、一度身につくと強いのも自閉症の特徴です。自宅以外では必ず着用し、酷暑の真夏でも外すことはありませんでした。

〈凧あげの夢〉

正月に凧あげをしようと公園へところが凧から手を離そうとしない
こっちを持つんだよ
ワーイ
そっか!
凧に乗って空に浮かびたかったんだね

〈悲願の節分の恵方巻〉

節分の日、
恵方巻はテレビを
見ながら食べ
豆まきは
鳩のエサやり
バッ
盛り上げようと
鬼役をやった
ものの
ポッポー
オニは外〜
豆は
なくなり
次女鳩が
餌を
ついばみに
やって
きました

１年前の節分の日、恵方巻を準備していましたが、長女がインフルエンザに罹り、恵方巻を食べることができませんでした。回復した後、恵方巻のことを思い出し、食べたいと癇《かん》癪《しゃく》を出しましたが、１年待ち、悲願の恵方巻でした。

〈お父ちゃんみたいになりたいよ〉

「お父ちゃんみたいになりたい」と子どもに言われて喜ばない親はいないでしょう。夫もうれしくてにやけていましたが、長女はその発言のあと、床にゴロンと寝そべり、いつもゴロゴロしているお父ちゃんのような理想を形にしました。

〈次女が小学校へ入学〉

病弱だったので
いつも留守番だった次女
いってきます
いってらっしゃい
帰宅すると
ただいまー
バタバタ
おかえりー
いつも大喜びで
出迎えてくれた

その後、保育園、小学校に行くようになって
行くよー
玄関で
自分がでかける立場のあいさつが身につかず
いってらっしゃい！
いってきます、だよ
おかえりー
ただいま、だよ
おかえり、次女ちゃん

〈ポケットの中から〉

卒業を控えた長女は一斉休校で学校に行けなくなりました
ハンカチ
学校に荷物を取りに行くと担任がいて思わず涙がこぼれ…
右のポケットから軍手
なぜ!?
え!?
左のポケットから軍手
そういうつもりではなかったのですが
学校で採れた野菜を…
野菜をもらって帰宅しました
担任

不思議の四次元ポケットの中から、秘密道具の軍手が出てきました。スーパーで働く私の必須アイテムです。

〈コロナ禍、長女の小学校の卒業式〉

2020年3月、長女が
小学校を卒業しました
突然の休校で
生活様式が一変し
不安の中、無事に
卒業式を行えました
記念撮影
しましょう
マスク外し
ましょうよ
*コロナ初期でマスクを
つけたまま撮影する
ことは浸透していない
お母さんも
マスク外したら?
大丈夫です
マスクの下
すっぴん

2021年以降　それぞれの居場所へ

長女は特別支援学校の中学部に入学し、娘たちは順調に進級しました。

自分の感情を持て余していた長女も、公共の交通機関を使って自力で登校するようになり、あんなに入退院を繰り返した次女も、最後に入院したのは保育園の年長のとき。真っ暗なトンネルの中で膝を抱えて丸まっていた私でしたが、思いきってパートに出ることにしました。娘たちが学校に行ったあと、パート先へ向かうのですが、自分の荷物だけ。あまりの身軽さに、いつも忘れ物があるような気がして、バッグの中をガサゴソしています。毎日書いていた絵日記も、何も書くことがない日が増えていきました。親と離れて過ごす時間の方が多くなったからです。

娘たちはそれぞれ自分の居場所があり、自閉症、知的障害、医療的ケア、難病、いろいろあるけれども、それなりに成長をしました。七転八倒していた当時の思い出は手帳の中にたくさんあります。自分の人生のひとつの区切りとして、書き溜めた絵日記を元に、本の執筆に取り掛かることに決めたのです。

〈長女が気を遣うようになった〉

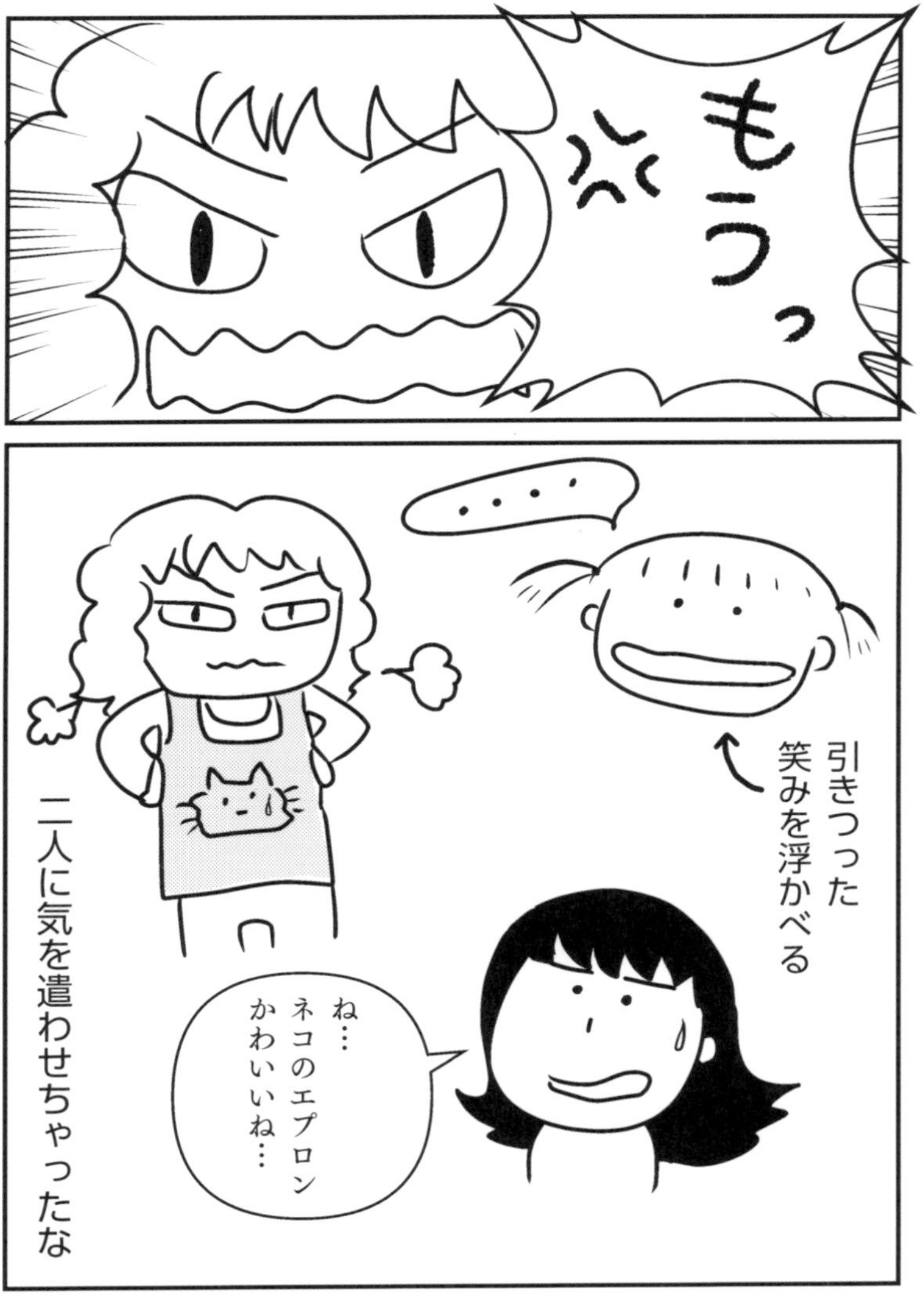
もうっ
・・・・
引きつった笑みを浮かべる
ね…ネコのエプロンかわいいね…
二人に気を遣わせちゃったな

人の顔色をうかがうとか全然できなかった長女です。たとえば怒られたらシクシク泣くとか、反省の顔を見せるとか、黙るとか、そのような自然と習得している人間らしさで、怒っている方もストップがかかると思うですが、怒れば怒りで立ち向かってきていた長女にはストレスマックスでした。「ネコのエプロンかわいいね」と話をそらして怒りの矛先を変える技術をいつの間に習得したのか、びっくりしました。

〈遊園地へ〉

コロナの自粛ムードに終わりが見えてきた2023年春
今度遊園地行こうか
わあぁ
学校で何回もうんちと言うんですけど
先生
遊園地です!
うんち
うんち
うんち
うんち
コロナ禍基礎疾患のある次女は夫と家で留守番だった
いってらっしゃい

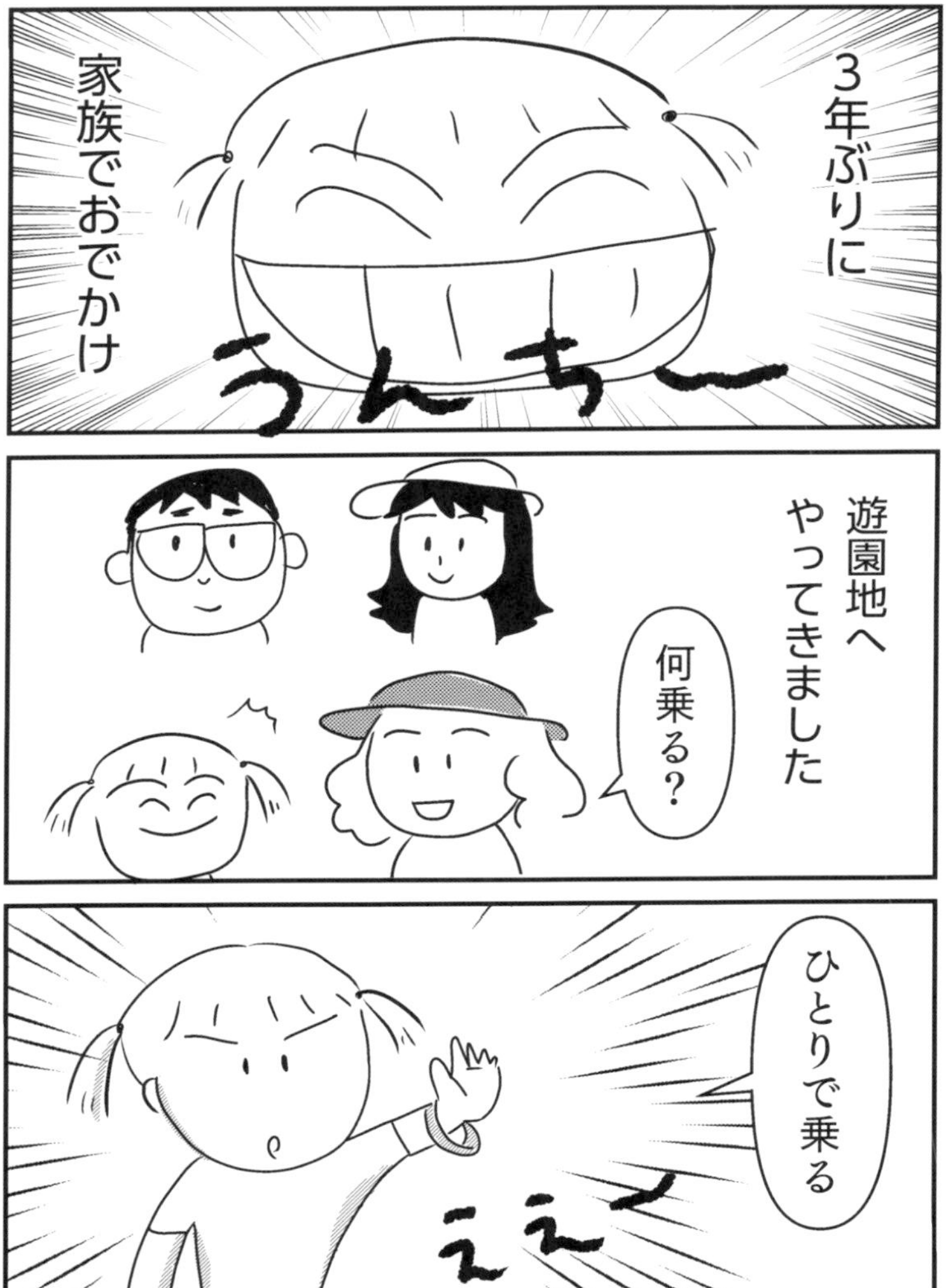
3年ぶりに
家族でおでかけ
うんちー
遊園地へ
やってきました
何乗る？
ひとりで乗る
ええー

おーい
あんな高いところ一人で乗ってる

1日フリーパス私の分買ったけど
使わなかったな

コーヒーカップ
一緒に乗る？
ぐるぐる
回す人
ぜったい
イヤ！
うんちたのしかったね～

〈永遠の２歳児〉

3年前の知能検査から
1カ月しか
成長していない
永遠の2歳児の次女（10歳）
マジ!?

一人で学校に行ける日も
来ないまま大人になりそう

ブブブー
どうポジティブにとらえたらいいんだろう
こら！つばやめて！

だっこしてー
でも私たちは気付かないだけで幸せなことも多いんだろうな

〈亡き母との思い出〉

現在48歳、亡き母の生きられなかった年月を生きている
うどん
メニュー
(回想)
ユキちゃん決めた？
ざるそばにする
メニュー
7歳のユキ
すみません
お子様ランチとざるそばください
え!?

当然のように、母の前にざるそばは置かれ
私の前にはお子様ランチが置かれた
店員さんがいなくなったあと母がざるそばとお子様ランチを取り替えた
ごめんね
一度お子様ランチ食べてみたかったのよ
お母さん、お子様ランチ美味しかったかな
お待たせしました

大盛り きつねうどん でございます
あ、ハイ
どーん
← 並盛
ちっさいくせに 大盛り食べる
はい、かえっこ
お母さんの見たかった景色 生きたかった明日
今日も頑張るよ

〈母の日〉

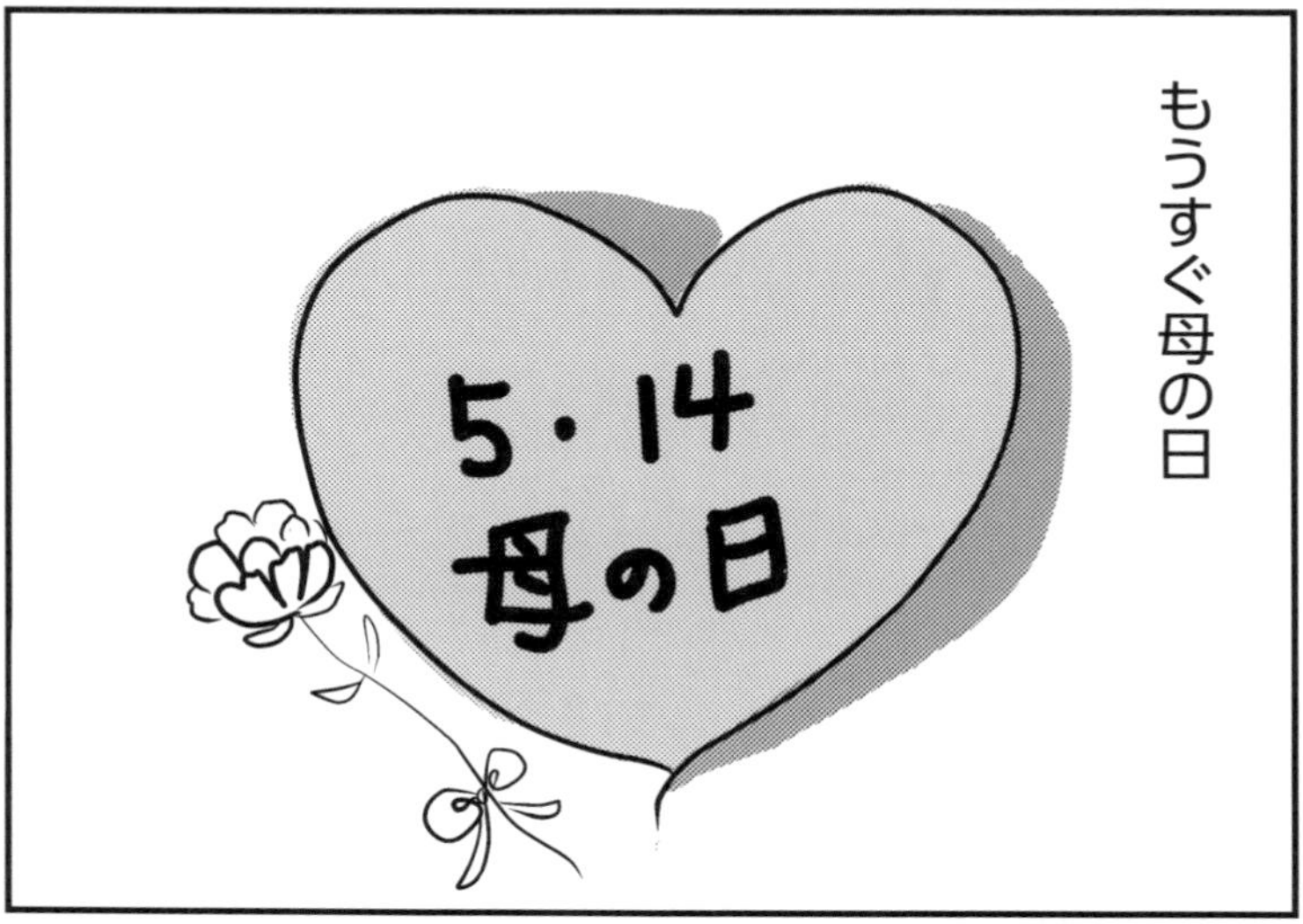
もうすぐ母の日
5・14
母の日

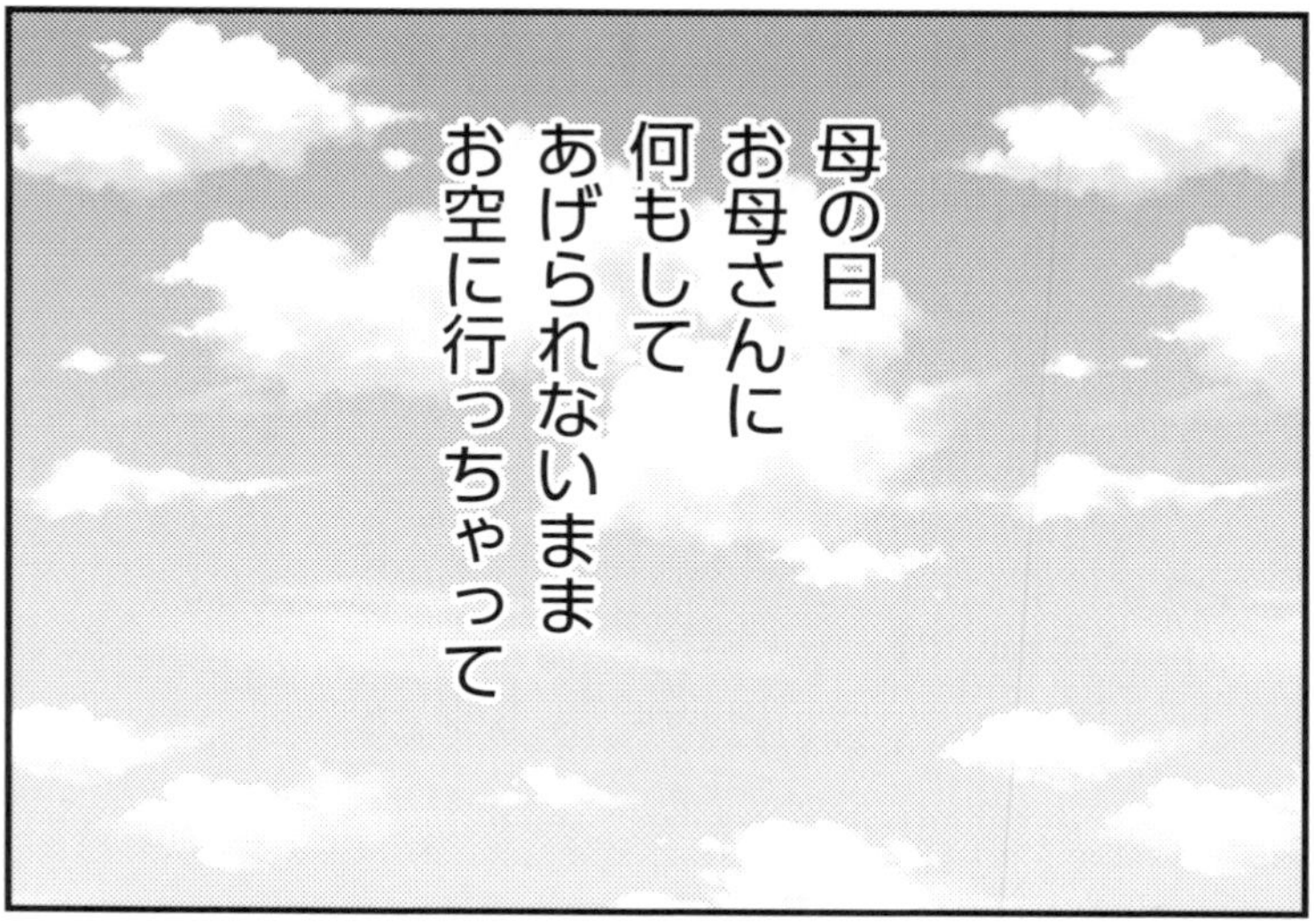
母の日
お母さんに
何もして
あげられないまま
お空に行っちゃって

母亡き後、
夫の母と
父の後妻さんが
「母」になったが
苦手
相変わらず
何もしてない人

私は子ども2人の
母になって

5月14日は何の日かな～？

母の日です
正解！

(毎年、何もない)

4．おわりに　#ダウン症相談室より、そのままでいいんだよ

筋萎縮性側索硬化症（ＡＬＳ）という難病を患い、闘病している方を支援するポスターが、腰を痛めて通った接骨院に貼ってありました。筋肉が次第に衰え、呼吸が困難になり、死に至るという難病です。

数年前の記憶がよみがえってきました。この病気の解明、研究のための助成を求め、公的機関へ提出する署名が回ってきたことがあったのです。私は躊躇しました。忙しさで忘れたふりをするように、署名をせず、時間は過ぎていきました。

接骨院でそのポスターを見かけるたび、目をそらし、胸がチクッと痛みました。

２０１６年、相模原障害者施設で19人の障害者が殺される大変痛ましい事件が起こりました。優生思想を振りかざし、抵抗のできない多くの命を奪った犯人の主張に衝撃を受けました。

「障害者はいなくなればいい」

障害を持つ子の親として、犯人への憤りはもちろん、差別や排除は絶対ダメだというメディアの主張や世論の声に、そうだそうだと拳を上げ、一方で、多様性を認め合う共生社会というのは絵空事なのかという絶望も感じました。

それから6年の月日がたった2022年、ALSで闘病されていた方の訃報を知りました。心がざわつきました。

なぜ、あのとき署名できなかったのか。

ずっと蓋をして隠してきた気持ちが現れました。突き詰めて考えれば、自分の中の醜い部分にたどり着きます。相模原障害者施設の事件ともつながる差別心が自分にもあったのではないか。言葉に出したくもないけれど、無意識に命の優劣をつけていたのではないか。障害児者に理解があるつもりでいただけではないのか。自分を恥じ、その方の歩んできた闘病生活を想像し、涙が出ました。

娘たちが小さいころ、障害のある子どもを専門に診る病院で、立ち話をしていたお母さんたちの会話が聞こえてきたことがあります。「2人目をどうする?」という内容でした。おそらく、それぞれの子どもに障害があり、この病院に来ているのだと思います。

そのお母さんたちの思いは一致しているようで、「産み分けをして女の子がほしい」、さらに「出生前診断を受けたい」という声も聞こえてきます。どうやら、検査ができる病院の情報交換をしている様子でした。これは露骨に言えば、障害のあるきょうだいのお世話をしてくれる、健常の女の子がほしいということでしょうか。

私の右手は飛び回る長女の腕をつかみ、ベビーカーには2歳になるのに歩く気配もないダウン症の次女を乗せ、医療物品を大きなリュックに詰めて背負い、いつも疲れた顔をしていました。そのお母さんたちにしてみたら私たち親子は「それ見たことか」と言わんばかりの光景に映るのでしょう。もし仲が良かったら「上の子の診断が出ていて妊娠したのに、検査しなかったの?」と、あからさまに聞かれたかもしれません。

かつてSNS上で、「#ダウン症相談室」というタグを作り、このような投稿をしたことがあります。

Q「あたしはこれでいいと思ってるんですけど」（愛知県、胎内3カ月）
A「そのままのあなたで大丈夫です。生まれてきてください」

たとえ娘たちに病気や障害があっても、慈しみ、愛情を注いで暮らしています。しかし娘たちの障害が分かるまでは、障害者やその家族はかわいそうで、私には無理だと思っていました。

出生前診断による命の選別は、相模原障害者施設の事件と優生思想という点でつながっているのかもしれません。しかし、自分に内在する差別心や偏見などまったくない顔をして、障害児者はいらないという人たちを、頭ごなしに否定することが私にできるのだろうか、という自問自答を、とりわけ、ＡＬＳで闘病されていた方の訃報を知ってから、何度も繰り返しました。そして、思慮の浅い自分自身を承知した上で申し上げれば、排除するより受け入れ、存在を認め合え、誰でも生まれてきていいんだよ、生きていていいんだよ、と胸を張って自信を持って言えるような社会を目指していきたい。そのためには、知ってもらうことからしか始まらないのではないか、というところに着地するのが精いっぱいでした。

「#ダウン症相談室」で回答した「そのままのあなたで大丈夫です。生まれてきてください」という言葉は、15年前に神様にローラースケートを履かされ、坂道を転げ落ち、瓦礫の中からヨロヨロと立ち上がり、積み重ねてきた彩り豊かな日々を思い返しながら、心の底から出た言葉です。

障害がある娘たちとの生活は、不自由も多いけれど、たくさんのやさしさに助けられ、私にとっては日常であり普通のことで、幸せや楽しみも多い日々です。もしこの本から感じ取っていただけることがあったらうれしく思います。

最後に、難病を患い闘病を続けてこられた故人やご遺族、支援されていた方の思いには遠く及びませんし、何ひとつ関わりを持つことすらできませんでしたが、大切なことを教えていただいたように思います。安らかな永眠を、心よりお祈りいたします。

謝辞

漫画家になることが小さいころの夢でした。夢はかないませんでしたが、趣味で続けていた絵日記を元に、１冊の本を作り出すことができました。本の執筆にあたり、文芸社の方には大変お世話になりました。また、私たち親子を見守り、支えてくださったたくさんの方に、心より感謝申し上げます。

著者プロフィール

雪見 うどん（ゆきみ うどん）

1975年福岡県生まれ
愛知県在住
集合写真はいつも端っこ、集団の中では気配を消し、これといった特徴も経歴もない地味な人。

坂道を転がりながら見えた景色
～自閉症とダウン症の子育て絵日記から～

2024年7月15日　初版第1刷発行

著　者　雪見 うどん
発行者　瓜谷 綱延
発行所　株式会社文芸社
〒160-0022　東京都新宿区新宿1－10－1
電話　03-5369-3060（代表）
03-5369-2299（販売）

印刷所　図書印刷株式会社

ISBN978-4-286-24420-4